KEITAI
SHOUSETSU
BUNKO
野いちご SINCE 2009

彼と私の不完全なカンケイ

柊 乃

スターツ出版株式会社

カバー・本文イラスト／Off

「まだ彼氏もいないとか、かわいそー」

　幼なじみの菊池尚仁くんは『彼女が絶えない遊び人』として学校内で超有名人。
　だけど、私の好きな人が尚仁くんにバレた日から、なんだか様子がおかしいような？

「昨日一緒に帰ってた男って、もしかしてあいつ？」

　どうしてだか、冷たい。
　冷たいくせに。
　なんでそんな、彼女にするようなことばっかりするかな……。

「尚仁くんは、大事な幼なじみだよ」

「……俺がお前を、好きって言っても？」

登場人物紹介

宮原璃子
チョコ大好きな高2女子。忘れっぽくてぼーっとしていることが多い。幼なじみの尚仁に振り回されている。

菊池尚仁
学校で有名なイケメンで遊び人。彼女がいるのに幼なじみの璃子のことが気になってしょうがない。

中沢遥
なかざわはるか

甘いルックスで優しい王子様キャラ。
璃子の好きな人。

高山日菜
たかやまひな

尚仁の彼女。校内でも可愛いと評判。
尚仁のことが大好き。

工藤彩音
くどうあやね

璃子の親友。活発でしっかり者。
璃子と尚仁のことを心配している。

☆contents

第1章

プロローグ	10
雨の日	18
落ち着かない 【尚仁side】	26
生徒手帳	33
ビターチョコレート 【尚仁side】	44

第2章

幼なじみだから	52
電話	62
思わぬ出来事 【尚仁side】	68
変化	77
やり直しデート 【尚仁side】	92
甘い放課後	103
息苦しさ 【尚仁side】	121
けじめ 【尚仁side】	138
本当は	142

第3章

放課後の話	156
放課後の話 【尚仁side】	164

彼と私のカンケイ	170
エピローグ 【尚仁side】	181
エピローグ【璃子side】	182

書籍限定番外編1

「その後のお話」	185

書籍限定番外編2

彩音Story	243
あとがき	298

第1章

プロローグ

　同じマンションに住んでいる菊池尚仁くんは、小学校からの幼なじみ。
　仲はかなりいい方だと思う。高校２年生になった今でも変わらず一緒にいる。
　尚仁くんのことは、たいてい知っている、……つもり。
　好きな食べ物は、アップルパイ。
　それはもう死ぬほど大好きで、お弁当、デザートではなく、主食として学校に持ってくるほど。
　嫌いな食べ物は、しいたけとメロン。ただし、メロンはジュースとかに加工されたものなら大丈夫みたい。
　得意な教科は、数学、化学、体育。
　苦手な教科は、英語、古典。
　……思いっきり理系。
　クールな外見とは裏腹に、よくはしゃぐし、よく笑う。
　明るい性格と、整った感じの容姿で、昔っから女の子に好かれている。
　うん……好かれている。
　中学２年生の時から彼女が途絶えたこと、ないらしい。
　学校では『遊び人』として超有名だけど、今の彼女とはなんと半年も続いてる。
　ついに純愛に目覚めたかな？
　と、嬉しく思ってたんだけど……。

「あーあ、7限まで授業とかだっる」
　少し肌寒さを感じるようになった、11月の放課後。
　ただ今、尚仁くんは学校帰りの通学路を彼女ではなく幼なじみの私と並んで歩いているわけで。
　これは今日だけに限らず、時々……いや、けっこう頻繁に一緒に帰ってる。
　それも、小学生の頃から。尚仁くんに彼女がいるようになってからもずっと。
　小学校低学年の時は、必ずと言っていいほど毎日マンションの前の公園に寄り道して帰っていた。仮面ラ●ダーごっこにいやいや付き合わされたこともあったけど、それはそれで楽しかった記憶がある。
　ケンカもした。とくに中学にあがりたての時期が一番ひどかった。
　尚仁くんのことを好きな女の子たちからあまりにも嫉妬されるものだから、『もう尚仁くんと一緒に登下校したくない』って言ったら、怒られた。
　わけがわからなくて3日ほど尚仁くんを無視していたら、さらに怒られた。
　どうやって仲直りしたのかあまり覚えてないけど、結局は私の方が先に折れたんだと思う。
　しばらくしたら、私に嫉妬していた女の子たちも静かになった。
　それを尚仁くんに言ったら、『俺が黙らせた』みたいなことを言ってた気がする。

それで、現在。
　一緒に登校することはあまりなくなった。というか、「朝は勘弁してほしい」と私が頼みこんだからだ。
　慣れているとはいえ、朝から女の子たちの鋭い視線を受け止める気力はない。
　朝って、みんななんだか不機嫌そうに歩いてるし……。
　だけど、帰りは一緒に帰ることが多い。
　べつに帰ることを約束してるわけじゃない。
　放課後、いつも突然私のクラスにやってきて「ほら、帰るぞ」って、無理やり。
「璃子、なんか持ってない？　お菓子とか」
「チョコならあるけど」
「いらねえ」
「なんで即答!?」
「どーせまた例のビターチョコだろ？　すっげぇ苦いやつ」
　……ご名答。
　さすが私の幼なじみです。
「もうちょっと可愛いやつ持ち歩けよなー。それでも女の子ですかお前は」
「うるさいし。おいしいもんビターチョコ。クセになっちゃうよ？」
「俺は普通の甘いやつが好き」
　うんうん。もちろん普通のミルクチョコも大好きだよ。
　ていうか、チョコならなんでも好き！
　でも、今ハマッてるのはビターチョコなんだもん!!

……って、そんなことより！
「ねえ、尚仁くんさぁ、私なんかと帰ってて大丈夫なの？」
「何、またその話？」
　うんざりしたように尚仁くんが眉をひそめて、ため息をつく。
　心底面倒くさいといった表情。
「だって、彼女……」
「日菜とは昨日デートしたから大丈夫」
「いや、意味わかんない……」
　小学校からモテていた尚仁くんだけど、高校入学後はさらにカッコよくなっちゃって……。
　女の子に超絶モテまくり、遊びまくり。
　クールでちょっと冷たく見えることもあるらしいけど、喋ると意外とはしゃぐのがギャップでいい……！　とかなんとか女の子がさわいでるのを聞いたことがある。
　うん。まあ、わからなくもない。
　この前は、「尚仁って絶対脱ぐとすごいよね」なんて声も聞こえてきて、飲んでたジュースを軽く噴きそうになった。
　尚仁くんは色白で細身な見た目からはあんまり想像できないけど、一応水泳部に所属している。
　一応、というのは、私も尚仁くんが水泳部だってことを忘れるくらいさぼりまくってるから。
　それでも昔っから運動神経は抜群なので、今年の夏の地区大会では100メートル自由形で54秒02という記録をた

たき出し、優勝したらしい。
　涼(すず)しい顔してなんでも器用にやってのけるから、カッコいいっていうよりもむしろ腹立つレベル。
　泳ぐのは夏に限定されるけど、それ以外の季節はほかのトレーニングとかをやっているらしいのに……尚仁くんときたら！
　部活動そっちのけで遊んでばっかり！
　まあ、かなりゆるい部活ではあるらしいけど。
　そんなこんなで、なんていうか、正直住んでる世界が違(ちが)うなって感じることもあった。
　それなのに、相変わらず幼なじみの私と仲よくしてくれるから嬉しいには嬉しいんだけど、さ。
「彼女、不安になるんじゃないの？」
「ああ、そんなの大丈夫大丈夫」
　聞くと、いつもと同じ軽い返事が返ってくる。
　ほんとに大丈夫なの？
　私が彼女だったらって考えると、すごいイヤな気がするんだけど。
　自分の彼氏が他の女子と一緒に下校してるって……やっぱりいい気はしないよね？
「彼女いるのになんで私と帰ったりしてくれるの？」
「は？　なんでって、帰る所一緒なんだから普通そうなるだろ」
「いや、なんないよ。尚仁くん彼女いるんだよ？　そして私は仮にも女なんだよ？」

「それのどこに問題が？」
　真面目な顔で聞き返してくる尚仁くん。
　……だめだ。どうして伝わらないんだろう。
　尚仁くんは女の子と相当遊んでるから、そういう感覚が麻痺してるのかもしれない。
　それとも、私の方がおかしいの？
　なんたって、生まれてこの方、彼氏いたことないですからね……。好きな人はいるんだけど。ちゃんと。
　まあ、私も私で彼女に悪いなって思いつつもなんとなく断れないでいるから、尚仁くんを一方的に責める権利はない……。
　なんだかんだ言って、私も尚仁くんと帰るのが楽しいんだ。
「何その不服そうな顔。ぶっさいく」
「尚仁くんがわからず屋すぎてあきれてるの！」
「はあ？　お前がいちいち気にしすぎなんだっつの。うざいからもう二度と同じようなこと聞いてくんなよ」
「…………」
　うん、もう諦めよう。
　尚仁くんは相変わらず尚仁くんだから。
　どうぞ好きに生きてください、はい。

　気がつくと、いつの間にかもうマンションの近くの交差点まで来ていた。
　赤信号で足を止める。

不意に後ろから冷たい風が吹き抜けてきて、尚仁くんの髪を揺らした。
　隣に立って見あげてみると、思いのほか身長差があることに驚く。
　おっきくなったなぁ……尚仁くん。
　さらさらの髪とか、筋の通った鼻とか、どこか遠くを見つめてるような、少し大人っぽい表情、とか。
　きれいすぎて、全部、計算されてるみたい。
　こんな人が私の幼なじみだなんて……。
　今さらながら、なんか不思議な気分。
　見惚れていると、不意にこちらを見た尚仁くんと視線が絡んだ。
「……何」
「いや、何も……」
「もう信号青だけど」
「えっ！　あっ、ほんとだ‼」
「ぼーっとしてんな、ばか」
　冷たい体温が左手に触れる。
「日菜のことは大丈夫だから」
　日菜。尚仁くんの今の彼女の名前。
　私の手を引きながら、尚仁くんが小さくつぶやいた。
「お前のこと幼なじみって言ってあるから問題ない」
「えっ、それどういう意味？」
「幼なじみって言ったら、それ以上の関係はないんだってわかるだろ」

「そう……なの？」
　待って、よくわかんないよ。それって……。
「それってつまり、幼なじみだから尚仁くんと一緒にいていいってこと？」
「まあ、うん。そーいうこと」
「じゃあ、日菜ちゃんと私以外の女の子とは一緒に帰ったりしないんだ？」
「今はね。それやったらさすがに日菜が不安がる」
　それはつまり、ほかの女の子はダメで、幼なじみの私はいいってこと……？
「それに、俺は璃子と帰りたいから帰ってんの。わかってる？」
「うん……って、えっ？　そーなの？」
「そーそー。だからこれからも、イヤでも付き合ってもらうから」
　交差点を渡(わた)りきったところで、尚仁くんがゆっくりと手を離した。
　また、風が吹いた。

　よくわかんない。
　尚仁くんは彼女がいるけど、私と一緒にいても大丈夫だって言う。
　それは、私と尚仁くんが、"幼なじみ"だから、らしい。
　尚仁くんが考えてること、よくわかんない。
　"幼なじみ"のカンケイって、いったい何……？

雨の日

　あの日尚仁くんと一緒に帰ってから、3日がたった。
　終礼が終わって、ようやく放課後。
　本来なら真っ先に家に帰るところだけど、今日はそういうわけにはいかない。
「やっと終わったー！　璃子、今日は一緒に帰ろーよ」
「ごめん彩音、先帰ってて！」
　すでに帰る支度を済ませてこちらにやってきた親友に、手を合わせて謝る。
「あっ、そっか。あんた今日、日直だったね」
「そーなんだよねー」
「待ってようか？」
「大丈夫。それに彩音は今日塾の日じゃないの？」
　彩音が、ハッとした表情で私を見る。
「忘れてた！　やばい、課題やってないんだよー!!」
「もー、何やってんのばか」
「ほんとばかだ！　ごめん、帰るね！」
「気をつけてね〜」
　教室のドアが閉まると、自然とため息が出た。
　日誌を書き終え、ふと窓の外を見る。
　いつの間にか空は真っ黒い雲で覆われていて、今にも雨が降りだしそうだ。
　いっけない、傘持ってきてない。

だって、今日の降水確率いくつだった？
　20パーセントのはずでしょ？
　このままでは、見事その20パーセントの中に入ってしまいそうな勢いだ。
　お天気おねーさんのばかっ。

「失礼しまーす」
　職員室に入って、担任の堺先生、通称さかティーに日誌を渡す。ちなみにさかティーは29歳、男。
「遅かったなぁ。さぼって帰ったのかと思ってたよ」
　そう言ってヘラヘラと笑うさかティー。
　先生は、私がさぼるような生徒に見えるんですか？って突っこみたかったけど、今はそんなのんきにしてられない。
「じゃ、先生。これで失礼します」
「おう、お疲れさん」
　軽くお辞儀をして職員室を出た。
　外はもう真っ暗で、雨が降っているのかいないのか、判断できない。
　どうかまだ降ってませんように！
　そう祈りながら生徒昇降口までの階段を駆けおりる。
　しんとした空気。
　昇降口には、誰もいない。
　上履きを脱いで、急いでローファーに履き替えた。
　昇降口から一歩踏みだした次の瞬間、私の気分は一気にさがる。

降っていた。

サァァー……と、冷たい音をたてながら。

どうしよう。

まだ月曜だし、制服は濡らしたくない。

まあ、制服は乾くからまだ大丈夫。

問題はカバンの中身だ。

本や教科書は、一度濡れたらカパカパになって、元には戻らないし。

お母さんはどうせまだ仕事中だし、お姉ちゃんは大学に通っていて今は家にいないはずだから頼れない。

教科書、全部置き勉するしかないかな。

ケータイは、防水だから大丈夫だよね？

いろいろと考えをめぐらせていると、不意に背後で人の気配を感じた。

「……あれ、宮原？」

聞き覚えのある声。

耳をくすぐるような、低くて甘い声に、私は反射的に振り返る。

暗くて、顔は見えなかった。

だけど、声で誰だかわかってしまった。

心臓がすごく、うるさい。

顔も熱い。相手が、ゆっくりと近づいてくる。

暗闇に慣れはじめた私の目に、彼の姿がはっきりと映る。

「中沢くん……まだ残ってたの？」

緊張した私の口から、ようやく言葉が出た。

「委員会があってさ。宮原は、もしかして日直？」
「うん」
「帰んないの？」
　靴箱からスニーカーを取り出しながら、中沢くんが聞いてくる。
「傘忘れちゃったんだよね」
「えっ、雨降ってんの？」
　気づいてなかったらしい。
「うわ、マジだ。けっこう降ってんね」
　あちゃー、といったように中沢くんは顔をしかめた、けれど。
「あ、思い出した。そーいえば俺、傘持ってるわ」
「そうなの？　準備いいなぁ」
　すると、中沢くんは傘立ての中から１本を抜き取った。
「ずっと前から置きっぱだったんだよね、これ」
　笑いながら傘を広げる中沢くん。
　そして次の瞬間、その笑顔が私に向けられた。
　ドクン、と心臓が大きく動く。
「この傘、だいぶデカイから、たぶんふたりとも濡れない」
　………今、なんて？
　中沢くんの持っている傘が、ゆっくりと私に傾（かたむ）けられる。
「……家まで送る」
　私は固まったまま、その場から動けない。
　ええっ!?
　――いえまでおくる。

「ほら、早くしないと雨ひどくなるよ」
　……!!
　どうやら聞き間違いではないらしい。
「だ、大丈夫だよ！　ひとりで帰れる!!」
「雨降ってんじゃん」
「でも、悪いし……」
「けっこう降ってるし、もう遅いし……宮原ひとりじゃ危ないだろ」
「……っ」
「いいから、送らせてよ」
「じゃあ……お、お邪魔します」
「……ん」
　中沢くんは満足そうに笑って、歩きだす。
「もう少し寄らないと、濡れるよ」
「う、うん」
　頭が、ショート寸前。
　すごく近いっ。
　中沢くんの、息遣いも聞こえる。
　心なしか体温も伝わってきて……。
　生きててよかった。って、ばかみたいに心から思う。
　まさか、中沢くんと帰れるなんて、夢にも思ってなかったもん。
　しかも、相合い傘……！
　息ができないくらい胸が苦しいけど、このままずっと隣にいたい。

中学生のときからずっと片想いしていた中沢遥くん。
　一度、落ちこんでた私を優しくなぐさめてくれたことがあって、それからはもう夢中。
　なんで落ちこんでたのか、原因は忘れちゃったんだけどね……。
　甘いルックスと、優しい言葉。
　単純だなって思うけど、なんていうか、王子様に見えたんだ。
　今、ふたりで一緒の傘に入って帰っているなんてほんとに信じられない。
　まるで、彼氏と彼女みたいに……。
　こんなことを考えはじめる自分がものすごくはずかしい。
　中沢くんが彼氏って……私、どんな妄想してんの!?
　ないないない。
　中沢くんの彼女なんてなれっこないし……っ。
　でも、可能性が無いことはない、よね……？
　なりたいなぁ……って、純粋にそう思ってしまった自分に心の中でため息をつく。
　急に乙女になってどうするよ、私。
「宮原、だいぶ薄着だけど寒くないの？」
「えっ!?　あ、うぅん！　ぜんぜん！」
　急に話しかけられて心臓が跳ねる。
　寒いっていうか、むしろ暑いくらいだよ……っ。
　こんなに近くに中沢くんがいるんだから。

「それならいいけど、来週からかなり冷えるらしいよ」
「そうなの!?　じゃあそろそろコート出さなきゃいけないかなぁ」
「まあコートはまだ早いにしても、今の宮原は薄着すぎ。上着くらい出しとかないと風邪ひくよ」

　風邪ひくどころか、中沢くんの言葉にさらに暑くなっていく私。

　尚仁くんには「いーよね、バカは風邪ひかないから」みたいなこと言われた記憶しかないのに。

　私がめったに風邪ひかないのは本当なんだけど、だとしても、ちょっとは見習ってください尚仁くん。

　家までの道のりは長いはずなのに、びっくりするほど短く感じた。
　これが恋愛マジックってやつですか？
　もっと一緒に居たかったな。
　一緒に帰れただけで奇跡みたいな話なのに、離れたくないって思ってしまう。
　贅沢だなぁ。
「送ってくれてありがとう。助かった！」
「どういたしまして？」
　中沢くんがちょっとはにかんだような笑みを見せる。
　ばいばいって言って私に背を向けながら、ひと言。
「宮原と一緒に帰れて、楽しかったよ」
　うわ…………どうしよう。

無理だよ、心臓もたない。
　好きですって言いたくてたまらない。
　私なんてたいして可愛くもないし、尚仁くんいわく"救いようのないばか"らしいし……。
　玉砕(ぎょくさい)するのはわかりきってるから言わないけれど。
　玄関(げんかん)を閉めると、外からの音はほとんど遮断(しゃだん)される。
　静かな空間の中で聞こえるのは、雨の降る音と、まだ鳴りやまない私の胸の鼓動(こどう)。

落ち着かない　【尚仁side】

　家でただぼうっとして、テレビを見ていた時だ。
　──ピンポーン。
　突然インターホンが鳴った。
　ったく、こんな時間に誰だよ。
　仕方なく立ちあがり、インターホンの画面をのぞくと、そこには俺が非常によく知った人物が映っていた。
　いや、非常によく知った人物というか、なんというか。
　菊池萌花。19歳。俺の姉。
　家に帰ってくるのは、たぶん3日ぶり。
　どうせまたどっかで男をたぶらかしてきたんだろう。
　とりあえず、受話器をあげる。
「玄関、鍵開いてるよ、姉ちゃん」
『尚仁～、あたし今びしょびしょだからタオル持ってきてくんない？』
「えー、めんどい」
『ぐたぐた言ってないでさっさと持ってきて！』
　鋭いにらみをきかせてきたので、しょーがなく従った。
　てか、雨降ってたんだ？
　玄関のドアを開けてやると、姉ちゃんはほんとにびしょ濡れだった。
「ひどい格好」
　思わず笑ってしまう。

「どぎついピンクだね」
「ん？」
「透けてる」
「あ、ほんとだね〜」
　指摘しても、とくにあわてる様子はない。
　相手が俺じゃなくても、たぶん姉ちゃんはこうやって笑うんだろう。
　なんていうか、軽くて、性格に裏がない。
　男ならみんなあたしに落ちる、みたいな思考を本気で持っているじつにめでたい人間だ。
　俺は頼まれたってこんなのと付き合うのはいやだけど。
「びっくりした。いきなり降ってくるんだもん」
「へー」
「あ、そーいえばさっき璃子ちゃん見たよ」
　部屋に戻ろうとしていた俺は、その言葉に足を止めた。
「……どこで？」
「マンションの前」
「あいつ、傘持ってた？」
　どうせ璃子のことだから家に忘れてたに決まってる。
　あいつ、いつもぼーっとしてて忘れっぽいから。
　小学校から今まで、何回傘に入れてやったかわからない。
「持ってた。ていうか、男と相合い傘だったよ」
「……は？」
　意表をつかれ、一瞬思考が停止する。
　……男？

「距離(きょり)があったからよく見えなかったけど、なんか、背が高くてカッコよさげな感じだった！」
　ニヤニヤとした顔を向けてくる姉ちゃん。
「それ、本当？」
「あれはどう見ても璃子ちゃんだった!!」
　心臓が、一度だけ大きく音をたてる。
「へぇ、あいつ、男と帰ったんだ」
　──俺以外の男と。
　冷静に答えてみせるけど、胸のあたりがざわざわとさわぎ立てて、妙(みょう)に落ち着かない気分になる。
「璃子ちゃんおとなしめだけど可愛いし、そりゃ彼氏だってできるよね～」
　彼氏、ね。
　あの璃子が？
　あんな、恋愛なんてキョーミなさそーな璃子が？
　まさか。そんなことあるわけない。
　何年も一緒にいたけど、璃子の口からそんなたぐいの話は一度も聞いたことがない。
　バレンタインは恋愛イベントとして盛りあがるんじゃなく、「尚仁くん見てー！　友チョコたくさんもらった!!」って言ってばかみたいに喜んでたようなやつだ。
　だけどもし本当に彼氏がいたとして、幼なじみの俺に黙ってるのだとしたら、許さない。
　俺以外の男とはまともに話したこともないくせに。
　べつに、あいつに彼氏がいようが俺には関係ないし、知っ

たことじゃないけど。
　そもそも、彼氏って決まったわけじゃない、だろ……。
　そのまま自分の部屋に行ってベッドに倒れこむ。
　目を閉じると、璃子のことが頭に浮かんだ。
　小さい頃から兄妹みたいに育ってきて、好きとか嫌いとか、そういう次元じゃないけどほっとけない。
　璃子は、ばか。
　救いようのないばか。
　勉強ができないんじゃなくて、俺がいないと何もできないばか。
　昔から教科書は忘れるし、話に夢中になりすぎて通学路で転ぶし、家族ぐるみで遊園地に行った時には迷子になるしで……。
　ため息しか出ない。
　無意識のうちにケータイに手を伸ばしていて、電話帳から名前を探してゆっくりと発信ボタンをタップした。
　３回ぐらい呼び出してから、向こうが電話をとった音がした。
『もしもし？』
　いつもと変わらない声に、なぜかホッとする。
「俺だけど」
『わかってるよ。どしたの？』
「璃子、お前、今日……」
　──誰と帰った？
　そう聞くつもりだったのに、言葉が続かない。

『え、何？』
「いや……」
『なんなの、切るよ？』
　やっぱり、今は聞けない。
「明日、朝８時に俺んちきて」
『え？』
「一緒に学校行くから」
『あ、うん、わかった』
　そう返事が来た瞬間、電話を切った。
　横の机にケータイを投げだす。
　目を閉じてもなぜか落ち着かず、夜は、ほとんど眠れなかった。

　寝不足もいいところだ。気分は最悪。どうにか身体を起こして朝食を目の前にしても、食欲がわかない。
「食べないの？」
　姉ちゃんが少し心配そうに聞いてくる。
「うん」
「そっか。あ、ココア飲む？」
「……飲む」
「了解」
　あと15分で璃子が家に来る。
　姉ちゃんが淹れてくれたココアを飲みながら、また無意識に昨日のことを思い出していた。
　インターホンが鳴ったのは、ちょうど支度を終えたとき

だった。
「あ、尚仁くんおはよう」
　ドアを開けると、当たり前だけど璃子がいて。
　昨夜とは違う意味で胸がさわいだ。
　俺は昨日から何かがおかしい。
　無意識のうちに璃子の顔を見つめていて、
「あの、尚仁くん？」
　不思議そうなその声で我に返った。
　身体が熱くなった。
　俺が歩きだすと、璃子はあわてて追いかけてくる。
「ちょっと待ってよ！　早いってば!!」
　俺はスピードを落としてやらない。
　璃子が背後から必死についてくる気配を感じながら、足を速めた。
　お前はそうやって、俺を追いかけときゃいいんだよ。
　ずっと。
　いつもの交差点に出て、赤信号で足を止める。
　後ろから来た璃子が、肩で息をしながら俺の隣に並んだ。
「もう……っ、待ってって言ったのに！　怒ってるの？」
「悪かったって」
「そのカオ、絶対怒ってるでしょ！」
「…………」
　いつもと変わらない会話の流れ。
　ふと、今なら聞けるんじゃないか。
　そう思って。

「お前さぁ」
「うん」
「……彼氏いるの」
　璃子の顔は見れなかった。
　妙な沈黙。
「……いないけど」
「ほんとに？」
「嘘ついてどうするの」
　そのひと言に心のどっかで安心した自分がいたことには、気づかないふりをした。
　だって、いい加減さい。
　独占欲っていうのかな、これ。
　なんていうか、娘を持った父親の気分？
　璃子みたいなタイプは変な男に捕まりそうで危ない。
　ばかだから、簡単に流されそうだし。
　優しくされたら、すぐ好きとか言いだしそうだし。
　まったく、将来が心配でしょうがない……。
　精いっぱい、憐みの視線を送りつける。
「まだ彼氏もいないとか、かわいそー。ドンマイ」
「尚仁くん、うるさい」
「あとお前、胸もないよね」
「うるさいっっ！　関係ない!!」
　今日も相変わらずばかで元気な俺の幼なじみ。
　こいつに彼氏なんて、……まだいらない。

生徒手帳

　そういえば、尚仁くんと登校したのって、久しぶりだ。
　2か月……いや、3か月ぶり？
　昨日、急に電話が来てびっくりした。
　登校は基本的に一緒にしない約束だけど……急にどうしたんだろう？
　尚仁くんは学校で有名人だから、一緒に登下校したりすると私まで目立っちゃうんだよね。
　それはもう慣れたからいいんだけど、尚仁くんの彼女さんは……、日菜ちゃんは、本当にいやな思いとかしてないのかな？
「璃子！　昨日雨大丈夫だった??」
　教室に入るなり、彩音が心配そうな表情で駆け寄ってきた。
「きっ、昨日はね……」
　思い出すとドキドキしてくる。
「どうしたの？　顔赤い」
「あ、あのね……じつは、中沢くんの傘に入れてもらってね……」
「えーーーっ!?」
　私が言い終わらないうちに彩音が叫び声をあげる。
「一緒に帰ったの!!!?」
「わーーーーっ!!!!」

彩音、声大きいっ！
　すごく興奮した様子で彩音が私の手をつかんでくる。
「その話、詳しく聞きたい！　トイレ行こ!!」
　そうやって、強引に教室から連れ出された。
　あと20分で朝礼始まるんだけどなぁ。

　昨日のことをひととおり話し終えると、彩音は気持ち悪いほど目を輝かせていた。
「よかったじゃん！　なんか、あたしまで嬉しくて泣きそうだよ」
「あはっ、大げさー」
「３年間、諦めなくてよかったね！　これからもあたし、応援するからね!!」
「ありがとう彩音〜」
　彩音が真面目なカオでそう言うから、ちょっと照れてしまう。
「あ。そういえばさ、今日菊池くんと一緒に学校来てたでしょ」
　思い出したように彩音がつぶやく。
「あ、うん。見てたの？」
「教室から見えたの。かなり目立ってたよ？　あんたら」
　あぁ、やっぱり。
　尚仁くんは立ってるだけで相当人目を引くから。
　私みたいな普通すぎる女が隣を歩いていいものなのか。
「璃子はフツーに菊池くんと登下校してるけどさ、困んな

いの?」
「たしかに目立っていやだけど、もう慣れたし、大丈夫」
「いや、そーいうんじゃなくてさ」
　彩音があきれたカオでため息をつく。
「え?　どういう意味?」
「菊池くんと一緒にいたら、中沢くんに誤解されるんじゃないか、とか心配にならないの?　って意味」
「……考えたことなかった」
「…………」
「私がいつも心配してるのは、尚仁くんの方だよ。彼女に誤解されてケンカになって、別れちゃったりしたらどうしよう、とか不安になる」
「なんで自分の心配の前に人の心配してんのよ」
「だって心配だもん」
　彩音は、納得いかないという様子。
「菊池くんはモテるんだから、そんな心配する必要ないでしょ」
「そうかもしんないけど……」
　私は、少し考えた。
　これって、彩音に言っていいかな?
　ちょっと尚仁くんのプライバシーにかかわること……だけど。
　でも、尚仁くんのこと、彩音に理解してほしい。
「……彩音は、尚仁くんに今まで何人彼女いたか知ってる?」

私がそう聞くと、彩音は首を横に振った。
「何人？」
「中学校からカウントすると、今の彼女含めて、11人」
「うわっ、さすがだね」
「それ全部、彼女の方から告白してるんだけどね、先に別れようって言ったのも、全部彼女からなんだって」
「そうなの？」
　驚いたように聞き返してくる。
「前はね、長くても1か月くらいだったんだ。でも……」
「でも？」
「今の彼女とは、もう半年続いてる。こんなに長く続くのって初めてだから、ずっと続いてほしいなって思ってる」
「……なるほどね」
　興味深そうに彩音がうなずいた直後。
　──キーンコーンカーンコーン……。
　朝礼5分前の予鈴が鳴った。
「そろそろ戻ろっか。さかティーが怒る」
　急ぎ足で教室に戻っていると、ちょうど曲がり角のところで床に何か落ちているのが目に入った。
　生徒手帳だ。
　拾いあげて中身を確認する。
「……あっ」
「どしたの？」
「中沢くんのだ」
「えっ？　わっ、ほんとだぁ」

中には中沢くんの顔写真が。
　素敵すぎる。カッコいいよ……。
「璃子、チャンスだよ！　次の休み時間、本人に渡しにいかなきゃね！」
「一緒に来てくれる？」
「もちろん‼」
　昨日あんなことがあったから、顔を合わせるのは正直はずかしい。
　でも今はそれよりも、中沢くんに会えるってことの嬉しさの方が大きかった。

「中沢くん、何組？」
　1限目が終了してすぐこちらにやってきた彩音。
　わかってはいるけど、念のため生徒手帳の中身をもう1回見て確かめてみた。
「5組だよ」
　5組って、そういえば尚仁くんと同じクラスだ。
「うぅーっ、緊張する」
「璃子、笑顔だよ、笑顔」
　……ふぅ。
　一度深呼吸をしてからドアに手をかけた。
　──ガラッ。
　ドアの近くにいた女子の何人かが私に気づいた。
「あの、中沢くんいるかな」
「いるよー」

ポニーテールの子が後ろに固まっている男子の集団を指す。
「遥くーん！　お客ーーー」
　その声に男子が一斉(いっせい)に顔をあげる。
　中沢くんが、少し驚いたカオをして立ちあがった。
　目が合って、思わず思いっきり逸(そ)らしてしまう。
「宮原、どうしたの？」
「あのね、これ廊下(ろうか)に落ちてたんだ」
「うわっ、落としてたんだ！　気づかなかった……ありがとう宮原」
　中沢くん、反則です。
　その笑顔はいけません。まぶしくて直視できません。
　もういろいろ限界。
　自分の顔が赤くなってるのがわかって、早々と教室を出ていこうとしたのを、
「あ、待って宮原」
　呼び止められて心臓が跳ねる。
「これお礼」
　そう言って私の手に握(にぎ)らせてくれたのは、ひと口サイズのチョコレート。
「いいの!?」
「尚仁が前に、宮原はチョコが好きって言ってたの思い出した」
「あ、ありがとう！」
　中学が同じなこともあって、尚仁くんと中沢くんはわり

と仲がいい。高校ではいつも一緒にいるわけじゃないけど、ふたりで話しているのを時おり見かける。
　それにしても尚仁くんてば、そんなこと友達に話してたの？
　尚仁くんを探すと、すぐに目が合った、けど。
　……なんか、にらんでる？
　ポケットに手を突っこんで、かなり不機嫌そうに私を見ていた。
　……えっ、なんで？
「宮原？」
　中沢くんが顔をのぞきこんできて、私は飛びあがりそうになる。
「っ、なんでもない！　チョコありがと。……じゃあっ」
　なんだかはずかしくて、急いでドアを閉めた。

　昼休み。
　彩音とお弁当を食べていたとき、勢いよく教室のドアが開いた。
　同時に、クラスの女子の間にきゃーっ!!　という歓声が起こる。
　何事!?
　反射的に見ると、そこには……。
「璃子、ちょっと来い」
　そこには、見るからに不機嫌そうな学校一のプレイボーイが……、私の幼なじみが立っていました……。

廊下に出ると、尚仁くんは何も言わずに歩きだした。
「待って、どこ行くの?」
「…………」
　返事は返ってこない。
　しょうがなく、尚仁くんのあとについていく。
　いったい、なんの用だろう?
　今朝はなんだか様子が変だったけど、関係あるのかな?
　尚仁くんが足を止めたのは、普段は使用禁止のひと気のない非常階段の前。
　ゆっくりと、尚仁くんが私に向き直る。
「ずいぶんと楽しそうにしゃべってたけど、お前らどういう関係なの」
「……えっ?」
「いつから遥とそんなに仲よくなった?」
　はるか、という響きにドキリとした。
　中沢くんの名前が出てくるってことは、まさか……。
　落ち着け、落ち着け、私。
「べつに、仲いいわけじゃないけど、中沢くんとは中学で同じクラスになったことがあるんだよ」
　尚仁くんは無表情のまま、じっと私を見おろしてくる。
　なんだか心の中を見透かされてるみたいで、思わず目を逸らしてしまった。
「璃子、顔が赤い」
「あっ、赤くないし!!」

尚仁くんは表情を変えない。何を考えているのか想像できなくて戸惑う。
　再び、尚仁くんが口を開いた。
「昨日一緒に帰ってた男って、もしかしてあいつ？」
　その言葉に、私は固まる。
　——なんで知ってるの⁉
　動揺を隠しきれない。
「へぇ。やっぱりそうなんだ」
　そう言って、尚仁くんは静かに笑う。
　いつもと違う尚仁くんにまた戸惑った。
「遥のこと、好きなの？」
　自分の心臓の音が、やけにはっきり聞こえる。
「…………」
　答えられないでいると、腕をつかまれた。
「璃子、ちゃんとこっち向け」
「——っ」
　なんで、こんなこと聞いてくるの……？
　尚仁くんの顔を見れない。
「答えろよ」
「好きじゃ……ない」
「それ、ほんと？」
「ほんとだってばっ‼」
　目を見てはっきり答えると、尚仁くんは端正な顔を少しだけゆがませて、低く、つぶやいた。
「——うそつき」

その直後、つかまれた腕が強い力で引っぱられた。
　そして……。
「…………んっ」
　考える間もなく唇を塞がれた——。
　唇に尚仁くんの熱を感じながら、状況を理解しようと必死。
　うまく息ができない……っ。
　いったん唇が離れて、視線が絡む。
　無機質な瞳。
「しょう、じんくん」
　また引き寄せられて、唇が重なる。
「……ん……ぁ」
　初めての感覚に頭がぼうっとして、思考回路がぐちゃぐちゃになる。
　脚の力が抜けていく気がした。
　どうしていいかわからない。
　つかまれてない方の手で、どうにか尚仁くんの胸を叩いた。
　小さく舌打ちが聞こえたかと思うと、それと同時に身体が解放された。
「……尚仁くん……」
「むかつくんだよ、お前」
　突き刺すような視線を向け、吐き捨てるようにそう言うと、尚仁くんは背中を向けて歩きだした。
　離れていく尚仁くんの背中を見つめながら、私はその場

からなかなか動けない。
　唇には、尚仁くんの熱が残ったまま……。

ビターチョコレート 【尚仁side】

　ありえない。
　何やってるんだ………絶対、どうかしてる。
　璃子に、あんな、こと。
　潤んだ瞳が頭から離れない。やばい。
『遥のこと、好きなの？』
　勢いで口からこぼれてしまった言葉。
　顔を赤くしてはずかしそうに目を逸らした璃子を見て、なぜか、胸がキリッと痛んだ。
『好きじゃ……ない』
　──うそつき。
　遥と話していたときの、嬉しそうで、ちょっとはずかしそうな笑顔。
　遥に顔をのぞきこまれたときの、照れたような表情。
　璃子のあんな表情、俺は知らない。
　何年も一緒に居たのに、知らなかった……。

　ぼんやりと歩いていると、俺のクラスの前に女子がふたり立っているのが見えた。
　俺に気づくと、片方が笑顔で手を振ってくる。
「あっ、尚仁いた〜！」
　そう言って笑いかけてきたのは、彼女の高山日菜。
　長い髪を耳にかける仕草が色っぽい。

そして相変わらず、スカートが短い。
その隣には、日菜の友達の佐々木愛佳がいた。
「教室にいないから探してたんだよ？ 岬くんに聞いても、わかんないって」
岬というのは俺がいつもつるんでるやつで、佐々木と付き合っている。
日菜と佐々木は、１年の頃から周りの男子から可愛いと評判だった。
「お弁当も食べないでどこ行ってたの？」
自然な疑問にすぎないのに、俺は少し言葉をつまらせた。
「あぁ、ちょっと呼び出しくらって」
「あはっ、そうだったの」
言えるわけないだろ。
目の前の日菜に向かって、璃子と会ってキスしてました、なんて。
キス……まじで何やってんだ……。
唇、柔らかかった……。
そんなこと思った自分に、ハッとする。
……日菜がいるのに。
「ねぇ、尚仁。今日放課後、遊んでいかない？」
日菜が甘えるような声で聞いてくる。
「あぁ、いいよ」
「愛佳たちも一緒に行こうよ！ 岬くん誘って４人で!!」
日菜の提案に、佐々木が嬉しそうにうなずく。
「行きたい！」

「決まりだね。尚仁、岬くんにも言っといて？」
「わかった。放課後、そっちのクラス行く」
「うん！　じゃ、またあとでね！」
　そういえば、日菜と付き合ってもうすぐ半年だ。
　半年前……。
　日菜に告白されたとき、可愛いなとは思ったけど一度断った。
　女と付き合うってことが面倒くさくなってたから。
　それでも食いさがってくるから、俺は言った。
　『泣かせるかもしんないよ』って。
　それなのに日菜は嬉しそうに笑って……。
　たぶん、その時好きになった。
　半年って……俺にしてみればかなりすごい。
　去っていく日菜のうしろ姿を見ながら、ぼんやりとそんなことを思った。

　放課後は、当然のようにカラオケ店に入った。
　いつものパターンだ。
　だけど。
「愛佳の飲み物、何？　うまそ〜、飲ませて？」
「きゃっ！　もう、岬くんのばかぁ。はずかしいじゃん」
　バカップルがいちゃついている。
　こいつらと一緒に来るんじゃなかった。
　日菜が「ラブラブだね」と耳打ちしてくる。
　ふたりにはきっと俺たちのことなんか見えてない。

完全にふたりだけの世界に入ってる。
　なんだか居心地が悪くなって立ちあがった。
「あ、尚仁どこ行くの?」
　日菜もあわてたように立ちあがる。
「外に出てくる」
「あたしも行く!　愛佳、岬くん、ちょっと外出てくるね!」
　そうやって、日菜に腕を引かれながら部屋を出た。
　部屋を出ると、日菜が体を寄せてきて、甘ったるい香水の匂いが鼻をかすめた。
「なんか、尚仁元気ないね」
「ふつーだろ」
「……なんかあった?」
「べつに」
　そっけない言い方になってしまって、ちょっとやばいかなと不安になった。
　日菜は気が強いけど意外と繊細な部分があるから。
「そういえばさ、あと1週間で半年だよな」
　俺のその言葉に、日菜が嬉しそうに顔をあげた。
「覚えててくれたんだ!」
「まあね」
　俺が記念日を覚えていたのは、日菜と付き合いはじめた日に璃子が、『記念日とかちゃんと覚えとかなきゃだめだよ』……とかなんとか言っていたからだ。
「なんか、欲しいやつとかある?」
　ためしに聞いてみると、日菜は少し顔を赤くした。

指を絡めてくる。
「放課後、デートしたい」
「放課後に？　そんなの、いつもしてんじゃん」
「だって、いつもは友達とわいわいすることが多くてふたりで遊んでなかったし……尚仁は時々、璃子ちゃんと帰ってるじゃん……」
　日菜の口から璃子の名前が出てきたことに驚く。
「璃子は、ただの幼なじみだって言っただろ？　同じマンションに住んでんだよ」
「うん、わかってるよ？　でも、ふたり仲いいよね」
「べつに、そんなんじゃない」
「うん……」
　不安そうな顔。
　日菜は璃子のことなんて気にしてないと思ってた。
　前に幼なじみだって説明した時も、何も言わなかったから……。
「ごめん。璃子とは、ほんとに何もない、から」
「ううん、大丈夫だよ！　ただ、もうちょっと尚仁と一緒にいたいなって思っただけ」
　いつになく弱気な日菜。
　今日はやけに素直に甘えてくるな。
「ずいぶん、可愛いこと言うね」
　無意識のうちに日菜に触れていた。
　日菜が赤くなる。
　たぶん、今までずっと不安だったんだ。

俺に気を遣って言わなかっただけで……。
「もっと甘えていいのに」
「えっ」
「我慢してたんじゃないの、いろいろ」
「…………」
　返事の代わりに、日菜が俺の胸に顔をうずめてくる。
　素直になるととたんに可愛くなるからやばい。
　ゆっくりと抱きしめ返すと、日菜が泣いてるのがわかった。
「もう不安にはさせないから……」
「……尚仁」
「ん？」
「大好き……」
「うん、俺も」

　それから15分くらいして日菜が落ち着いてから部屋に戻ることにした……けど。
　中をのぞきこんだとたん、ため息が出た。
　バカップルが、部屋の赤いソファの上で、濃厚なキスを交わしている。
　これはこれは。やっぱり一緒に来るんじゃなかった。
　カラオケに来て歌わないなんて論外。
　ちらりと日菜を見ると、気まずそうに目を合わせてくる。
「帰るか。日菜んちまで送るから」
　途中で日菜がコンビニに寄りたいと言ったので、一緒

に入った。
「消しゴムが切れちゃったんだよね」
　日菜が文房具(ぶんぼうぐ)のコーナーを見ている間、俺は棚(たな)をあてもなく見てまわる。
　ふと、ひとつのチョコレートが目にとまった。
　カカオ86パーセントの板状のビターチョコ。
　……これ、璃子が好きなやつだ。
　気づけば、手に取っていて。
　今、璃子に会うのは気まずいと思いながらも、ポケットから財布を抜いた。

　日菜の家に着くと、日菜が制服の袖(そで)を引っぱってきて上目遣いで見つめてくる。
　俺が顔を近づけると、はずかしそうに目を閉じた。
　ほんと可愛いよな、と思う。
　俺はそっと口づけた。
　一瞬、璃子とのキスが頭をよぎった。
　それを 無理やり打ち消すように、俺はもう一度日菜にキスをした。

第2章

幼なじみだから

　家に帰るなり、真っ先にベッドにダイブした。
　頭が混乱して、午後からの授業なんて、ぜんぜん聞いてられなかった。
　尚仁くんは、どうしてあんなことしたんだろう……。
　彼女、いるのに。
　尚仁くんのことだ。
　今まで彼女何人もいたし、すっごくモテるから、キスとかいっぱいしてきたんだと思う。
　なんか、慣れた感じだった。
　キスなんかあいさつ程度にしか思ってないんだよね、たぶん……。
　だから、昼休みのキスに深い意味はないはず……うん、絶対にない。
　どうしてかわからないけど、むかつくって言ってたし、ただ私を黙らせたかっただけだと思われる。
　でも私、ファーストキスだったんだよ？
　初めてが幼なじみで、しかも怒りをぶつけられながらの最高に意味不明なシチュエーションって……。
　夢見たファーストキスとぜんぜん違う!!
　でも、ドキドキした……。
　苦しくて、それなのに甘くて、溺れてしまいそうな感覚が忘れられない。

キスってすごい。
「尚仁くんのばか……」
　そう、小さくつぶやいたときだ。
　──ピンポーン。
　突然、インターホンが鳴った。
　誰だろう？
「はぁーい」
　カメラも確認せずに玄関に向かう。
　そっとドアを開けると、思わずわっと声をあげてしまった。
　立っていたのは、私が今一番会いたくない相手。
「……尚仁くん」
　どうやら、家に帰らずに直接ウチに寄ったらしい。
　制服姿で、カバンも持ったままだ。
　尚仁くんは黙って私の目を見つめてくる。
「あのさ、明日から璃子と帰ったりしないから」
「……え」
　予想外の言葉。
　なんだか気まずそうなカオで目を合わせてくる。
「もうお前を迎えにいったり、学校で必要以上に話しかけたりも、しない」
「あ……うん。わかった」
　もしかしたら、私のことで日菜ちゃんと何かあったのかもしれない。
　幼なじみだから大丈夫って言ってたけど、やっぱり不安

にさせてたのかも。
「あのさ……日菜ちゃん、もしかして私のことで不安になってる？」
　尚仁くんは曖昧(あいまい)にうなずく。
「まぁ、そんな感じ」
「だから言ってたのに。彼女いるなら、あんまり私と一緒にいたらだめだって」
「……あぁ」
　ちょっとだけ、尚仁くんがつらそうなカオをした。
「そんなに日菜ちゃん大事に想ってるくせに、なんで……私にキ……キスなんかしたの？」
　キスって、言葉に出すのもはずかしいや……。
　真剣(しんけん)に聞いたのに、尚仁くんはすました顔。
「……なんとなく？」
　あきれた返答。
　胸が少しだけズキッてした。
　なんとなくって理由で尚仁くんはキスするんだ。
　私とのキスなんて、尚仁くんにしてみればぜんぜんたいしたことじゃない……んだよね。
　なぜだか、ちょっと悲しい。でも、その気持ちを隠して私は笑ってみせた。
「尚仁くんて、もしかしてキス魔？」
　冗談(じょうだん)ぽく言うと、尚仁くんも少し笑った。
「そーかもね」
　気まずかった空気がなくなって、いつもの感覚が戻って

くる。
「じゃあ、日菜ちゃんとお幸せにね!」
「あぁ」
　そう言って出ていこうとした尚仁くんが、ふと足を止めた。
「忘れてた」
「……?」
　尚仁くんが、手に持っていたコンビニの袋を差しだしてくる。
　受け取って中身を見ると、私の大好きなカカオ86パーセントのビターチョコが入っていた。
　尚仁くんなりの気遣いなんだろうな。なんだかんだ、優しいよね。
「これ、くれるの!?」
「うん」
「ありがとう!　尚仁くん大好き!」
「……お前さあ、」
「うん?」
「遥以外の男に大好きって軽々しく言わない方がいいんじゃない?」
「なんで?　尚仁くんのことは本当に大好きだし……そもそも尚仁くん以外の男の子に大好きとか言ったことないよ!」
「……そーかよ。まぁいいよ、それで」
　尚仁くんはなぜか私から目を逸らした。

私は我慢できなくなって、さっそく包装を破って中から板チョコを取り出す。
「今、食うのかよ」
　あきれたように尚仁くんが笑う。
「えっ、だめ??」
「いーよ。でもその代わり俺にも食わせて？」
　そう言って、尚仁くんはチョコをひと口かじった。
　ちょっとこれ、間接キスじゃん!!
　ちょっとドキドキしながら、心の中で突っこむ。
「……苦」
　わざとらしく顔をしかめてみせる尚仁くん。
「よくこんなもん食えるね。あー、苦い。帰ったら姉ちゃんにアップルパイ焼いてもらわないと」
　よかった、いつもどおりの尚仁くんだ。
　私は安心した。もうこれで日菜ちゃんを不安にさせなくて済むし、尚仁くんとはこれからも仲がいい幼なじみでいられる……って。

　それから１週間、尚仁くんは宣言どおり私を迎えにくることはなかった。
　それどころか、学校ですれ違っても素通りされた。
　変わり身の早さに驚く。
　日菜ちゃんを不安にさせないためってことはわかってるけど、ここまではっきり避けられると傷つくよ……。
　急に尚仁くんとの距離が遠くなった気がする。

でも、これが普通なんだ。
尚仁くんに彼女ができるっていうのは、こういうこと。
幼なじみの私がそばにいるのはやっぱりおかしい。
さみしいけど、我慢しなくちゃ……。
尚仁くんは、日菜ちゃんのこと本気なんだから。
日菜ちゃんは、尚仁くんが初めて本気で付き合った女の子……。
私の立ち入る隙なんてもうない。
尚仁くんのばか。
幼なじみだから一緒にいていいって言ってたのに。
うそつき。

「璃子〜どうしたの最近」
　昼休みの教室で、カフェ・オレを飲んでいた彩音が心配そうに顔をのぞきこんできた。
「どうしたって、何が？」
「あんた最近ずっと元気ないじゃん」
「…………」
　ため息が出た。
　彩音にもわかるくらい落ちこんでいるらしい。
　自分でもびっくりしてる。
　尚仁くんが離れていっちゃっただけでこんなにつらいなんて……。
「何かあったんでしょ。話してみなよ」
　優しい声に促されて、私は彩音に一連の出来事を話した。

朝から尚仁くんの態度がおかしかったこと。
　尚仁くんに好きな人がバレてしまったこと。
　尚仁くんに「むかつくんだよ」と言われてキスされたこと。
　日菜ちゃんを不安にさせないために、一緒に登下校するのをやめたこと……。
　すべて話し終えると、彩音は無言で私の肩に手を置いてきたあと、もう片方の手でいきなり机をバンッて叩いたから、教室にいた人たちが驚いたようにこっちを見た。
「彩音、うるさい」
　注意するけど、彩音はおかまいなしに話し続ける。
「なんでそんな大事なことはやく言わないのよっ！」
「たいした事じゃないし……」
「これのどこがたいした事じゃないって言えるの！」
　どこがって……。
「たしかにキスされた時は驚いたけど、あとで深い意味はないってわかったし、もう安心だよ」
　納得いかない、といったように彩音は眉間にシワを寄せた。
「聞くけどさ、あんたと菊池くんて、どんな仲なの？」
「え？　幼なじみだけど……」
「でしょ？　ただの幼なじみなのにキスするなんて変じゃない？」
「たしかに変だけど……尚仁くんキスとか慣れてるだろうし、尚仁くんに魔が差したと思えば、べつに不思議じゃな

いよ」
「魔が差すって、あんた……」
　さらにあきれたように彩音がため息をつく。
「話を聞いた限りじゃ、あたしは菊池くんが璃子を好きだとしか思えない」
　思いもよらない言葉に、本気でお茶を噴き出しそうになる。
「……はあっ!?　何言ってんの??」
「だって、キスされたんでしょ？」
「だからそれは深い意味とかぜんぜんなくて、尚仁くんは私をからかっただけなんだってばっ」
　それ以前にもう一緒に登下校することはないんだし、ヘタしたら一生しゃべらないかもしれなのに……。
「ほんとにそーかなぁ？」
「そうだよ。もう、ほんとに変な冗談はやめて」
「でも、幼なじみとの恋もアリだと思うよ？　菊池くん、カッコいいし。なんか少女漫画みたいでロマンチックじゃない？」
「尚仁くんはそんなんじゃないもん。日菜ちゃんが大好きだもん。私を避けてるのが何よりの証拠」
「…………」
「それに私は中沢くんが好きだもん」
「はいはい、わかってますよーだ」
　彩音が変なこと言うせいで、また頭が混乱しそうになる。
　……尚仁くんが私を好き？

ないない。ありえない。
　尚仁くんは、日菜ちゃんを大事に想ってる。
　だから私と登下校しないって決めたんだし、間違いない。
　彩音は話を複雑にする癖があるから、惑わされないようにしないと。
「でもまあ、そこまで璃子を避ける必要ないと思うけどねぇ」
「しょうがないよ。今までさんざん日菜ちゃんを不安にさせてたみたいだし……」
「そんなに悩んでるなら、ちょっとくらい自分から話しかけてみたら？」
「えっ、でも……」
「このまましゃべりもしないままでいいの？」
「……やだ」

　その日の放課後。
　彩音と歩いていると、校門に寄りかかってる尚仁くんが見えた。めずらしくひとりだ。
　心臓がドキッてした。
　今なら……。
「行ってきなよ。あたしここで待ってるから」
　彩音に背中を押されて、おそるおそる尚仁くんに近づいた。
「しょ……尚仁くん」
　声をかけると、驚いたように顔をあげる。

目が合ったとたん、にらまれた。
「何」
　冷たい声に、思わず涙(なみだ)がにじみそうになる。
「えっと……」
「あんまり、学校で話しかけるなよ」
「……っ」
　どうして……？
　なんでそんなに急に冷たくするの？
「用がないなら早く帰れ。もうすぐ日菜が来るから」
　……ズキン。
　痛い。胸が痛い。
　だめだ、泣きそう……。
「ごめんね……もう、話しかけたりしない……から」
　なんとか耐えて、笑顔をつくった。
　尚仁くんに背中を向けて彩音の所に戻る。
　もう……だめかもしれない。
　尚仁くんの中で私は、もう幼なじみでもなんでもないのかもしれない…………。

電話

　夢を見た。
　幼い頃の私がいた。
　マンションの前の公園で砂遊びをしている。
　そこにはもうひとり男の子がいて、私が何か話しかけると、とても楽しそうに笑った——。

　——ピピピピピッ。
　あぁ、もう朝か……。
　目覚ましを止める。
　体を起こすと、なんか久々に心地いい気分だった。
　そういえば、夢を見ていた気がする。
　……どんな夢だっけ？
　思い出そうとしたけどだめだった。
　霧がかかったみたいに、ぼんやりとしたイメージしか残っていない。
　まぁ、いっか。
　たいして気にとめずに、私はカーテンを開けた。

　今日は週の始まり月曜日。
　尚仁くんの気まぐれでファーストキスを奪われたわけだけど、2週間もたったらあまりそのことについて考えることはなくなった。

……正確には、考えないようにしていた。
　尚仁くんに距離を置かれたのはしょうがないし、あんまり引きずっていてもつらいだけだ。
　とりあえず、尚仁くんとのキスはノーカウントってことで……。
　そういえば、彩音が言うにはファーストキスが高２の冬って、遅いらしい。
　そんなことないと思うんだけど。
　いや、やっぱり遅い……？
　中沢くんは、どうなんだろう？
　……ん？　ちょっと待って。
　それ以前に、彼女は？
　いるのかな？
　好きな人の彼女の有無を知らない自分。
　そもそも、中沢くんに彼女いるとか考えたこともなかった。
　どんだけお気楽なのよ、私。
　優しいし笑顔がカッコいいし、背も高いから、中沢くんを好きな女の子はけっこういるはず。
　中学の頃もバレンタインにチョコレートを結構もらってたのを知ってる。
　……私は勇気がなくて渡せなかったけど。
　いるのかなぁ？　彼女。
　いるかもしれない……いたら、やだな……。
　すっかり乙女モードに入ってしまった自分に、またはず

かしくなった。
　一度気になってしまったらぜんぜん頭から離れてくれない。

　午前中の授業は、いるかもわからない中沢くんの彼女の事でずっと悩んでいた。
　家に帰ってきた今も、その状態は続いていて、課題どころじゃない。
　ワーク、1ページしか進んでないし。
　考えて解決することじゃないのに……。
　今さらだけど、私ってかなりの重症らしい。
　そんな時にかぎって、電話がかかってきたりする。
　画面を見て、驚いた。
　だって……尚仁くんからだったから。
　震える手を押さえながら電話に出た。
「……もしもし？」
『あ、ちょっと女子の意見を聞いとこうと思ってさ』
　突然の言葉。
　この前までの冷たい態度が嘘みたいな、いつもどおりの尚仁くんの声に戸惑う。
「……女子の意見？」
『明日で付き合ってから半年なんだけど、そういう記念日に何もらったら嬉しいの、女子って』
　そっか……記念日。明日が半年なのか。
　ちゃんと覚えてたんだね尚仁くん。

よかった、安心したよ。
「やっぱり女子はアクセじゃないかなぁ？」
『アクセって……指輪とかのこと？』
「うん、そうそう」
　私の感覚では、高校生で指輪？　って思っちゃうけど、好きな人からもらったらきっと嬉しいはず。
『指輪ってなんか、重くない？』
「そう？　だったらネックレスとかは？」
『いや、無理。なんか束縛してる感ある』
　……あれれ？　今は普通に話せてる……。
「いーじゃん束縛！　想われてるって実感できるんじゃない？」
『いやだ。他になんかないの』
　よくわからないけど、元に戻れたの……？
　平常心を装って返答するけど、心の中はぐちゃぐちゃで混乱してる。
「彩音が、彼氏とペアのキーホルダー買ったって言って喜んでた」
『ああ、じゃ、そーいうのにするわ』
　あっさりと決めてしまう尚仁くん。
「うん。日菜ちゃんも喜んでくれると思うよ。明日、デートとかするの？」
『放課後ね。ありがとう、じゃ』
「あっ、待って!!」
　尚仁くんが電話を切ろうとしたから、私は思わず叫んだ。

尚仁くんともっと話したい。
　話さないと不安になってしまう。
　どういう心境の変化かわからないけど、この２週間ずっと冷たかった尚仁くんが、電話をかけてきてくれたんだから……。
『なんだよ』
　そう聞かれてあわてて話題を探す。
「あ、あのね、私も聞きたいことがあって……」
　そう言いながら、緊張してくる。
『……どうした？』
　そうだ。尚仁くんは中沢くんと同じクラスだし、友達だから知ってるかもしれない。
　聞くなら、今しかない。
　わからないでずっと悩み続けるのはいやだし……。
「な、中沢くんって、彼女いる……？」
『……は？』
　急に、尚仁くんの声のトーンが低くなった。
「あっ、知らないならべつにいいんだけどっ!!」
『……いないよ』
　少し間をあけて、不機嫌そうな返事が返ってくる。
「そうなんだ……」
　ほっと息をついた、次の瞬間、「チッ」という鋭い音が聞こえた。
　今の……舌打ち!?
　尚仁くん、今、舌打ちしたよね??

ヒイ……ッ！　なんで？　怖いよ!!
「尚仁くん、怒ってるの……？」
『……遥は、彼女はいないけど、好きなやつはいるって聞いた』
　えっ……。
　いっきに気持ちが沈む。
「あ、そっか……そうなんだ」
『切るよ』
「あ、うん、おやすみ——」
　最後まで言い終わらないうちに電話が切れた。
　尚仁くんてば、そんなに急いで切らなくてもいいじゃんか……。
　この前からなんかおかしいよ。
　急に冷たくなったり、怒ったり……。
　でも、しゃべってくれた。
　とりあえず喜んでいいよね？
　私、尚仁くんの幼なじみでいいよね……？
　——にしても。
　中沢くん、好きな人いるんだ……そりゃいるよね。
　わかってたけど、やっぱりキツい。
　誰なんだろう？
　ああ、もう考えたくないのに。
　私はベッドに横になって、そのまま眠りについた。

思わぬ出来事 【尚仁side】

　ちょっと冷たくしすぎたかな、とは思ってた。
　ああでもしないと、俺だってけじめがつかないんだ。
　気を抜くとすぐ璃子にかまいそうになるから……。
　傷つけた？
　ごめんな。
　でも、元はといえばお前が言いだしたことだよ。
『彼女いるのに私といたらだめだよ』って……。

　璃子との電話を切ったあと。
　よくわからない苛立ちを感じながら、眠れずにいた。
『な、中沢くんって、彼女いる……？』
　璃子の言葉が耳に焼きついたまま離れない。
　そんなに遥のことが気になんの？
　夜も、遥のこと考えてんの？
　なんで遥？
　いったい、いつから好きだったんだよ……。
　なぁ、璃子。

　あっという間に夜は明けて、目が覚めた時には、もう朝の８時をまわっていた。
　最近、よく眠れない日が多い。
　……原因はわからないけど。

学校に遅刻してしまいそうな時間だったから、急いで制服に着替えた。
　トーストを1枚だけ食べて家を出る。
　外は空気が冷たかった。
　冷たい風に当てられて、身体が震える。
　これは、上着だけじゃキツいかな。
　俺は忘れてしまったマフラーを取りに、いったん部屋に戻った。
　璃子はちゃんと防寒してんのかな。
　ぼんやりとそんなことを考える。
　まあ心配しなくとも、璃子は昔から体が丈夫だった。
　ばかみたいに元気だから、風邪なんてひくわけない。
　小さい頃、俺が風邪ひいた時に見舞いに来てくれたことがあったけど、ずっと同じ部屋にいたにもかかわらず元気だったし……。
　いや、だから璃子のことはどうでもよくて。
　放課後は日菜が気に入っている雑貨屋にでも寄って、ペアのキーホルダーを買うんだよな。
　ペアとか趣味じゃないけど、女ってそーいうの喜ぶらしいから。

「菊池くんおはよう！　遅刻ギリギリセーフだねーっ」
　教室に入ると、席が隣の女子が話しかけてきた。
　時計を見ると、針がちょうど9時をまわろうとしていた。
　危なー。

ほんと、ギリギリ。
「１限目ってなんだっけ」
「数学だよ。ところでさあ菊池くん、今は高山日菜ちゃんと付き合ってるの？」
　唐突(とうとつ)な質問。
　ていうか、今はってなんだよ、今はって。
「……そうだけど？」
「なんか、噂(うわさ)になってるよ？　あの菊池くんが彼女と半年も続いてるって」
「へぇ……そうなんだ？」
「菊池くんは遊び人って聞いてたけど、よっぽど日菜ちゃんに惚(ほ)れてるんだね～」
「まぁ、可愛いからね」
「お似合いだよ～!!」
　相手がそう言った直後、教室のドアが開き、先生が入ってきた。
　会話を終わらせることができて、なんとなくホッとする。
　なぜかわからないけど、今、日菜の話をするのは気が進まなかった。
　それに……今の会話には、ほんの少しだけ違和感があった。
　——なんなんだ？
　日菜は可愛い。
　大きな瞳と、長いまつげ。
　ほんのりと赤い頬(ほほ)。

形のいい、潤(うるお)った唇。
　ゆるやかに巻かれた、ブラウンの髪。
　おまけに、仕草のひとつひとつが色っぽい。
　上目遣いで見つめられたら、たまらずキスしてしまうようなことも多々あった。
『ねぇ尚仁、あたしのことほんとに好き……？』
　ふとよみがえる、少しだけ苦い過去の記憶。
　今となっては名前も思い出せない女の、泣きながら去っていく後ろ姿、とか。
　ヒステリックな声、とか。
　……好きだったよ。
　俺だって、ちゃんと。

　放課後。
「尚仁〜、お前今から日菜ちゃんとデートなんだろ？」
　岬がうかれたカオで話しかけてきた。
「そーだよ」
「今日はどこ行く予定？　あっ、もしかしてホテル??」
「なわけねーだろ、ばか」
「なんだよ、ほんとはしたいくせに〜」
「ちょっと黙ろうか、変態サルくん？」
「ははっ。あ、待てよ。日菜ちゃん教室まで迎えにいくんだろ？　俺も愛佳と帰るから一緒行こーぜ」
　そうやって岬と教室を出た。
　——その時。

ドンッ……という効果音とともに、俺の体に衝撃が走った。
　　……いってえ。
「いたた、あっ、ごめんなさい!!」
　　鼻のあたまを押さえながら、ぶつかった相手が顔をあげる。
　　璃子の友達の工藤彩音だった。
「あれ、菊池くんじゃん！」
　　相手の心底驚いたような声にちょっとたじろぐ。
　　なんか、切羽詰まっている表情だ。
「あぁ、工藤」
「ちょうどよかった菊池くん！　さっき璃子が熱で倒れて……っ。保健室の先生見なかった!?」
「……璃子が？」
「今、先生探してるんだけど──」
　　最後まで言い終わらないうちに、工藤の腕をつかんでいた。
「あいつ、今どこいんの？」
「保健室だよ。なんとか連れていったんだけど、先生いなくて……」
　　頭が真っ白だった。
　　妙な緊張感が体を支配する。
　　気づけば、走りだしていた。
「おいっ、尚仁!?」
「ちょっ、菊池くんどこ行くの？」

呼び止めたふたりを振り返る。
「岬、悪いけど日菜に今日は無理だって言っといて」
「はぁ!?　お前、記念日だぞ??」
「……わかってるよ」
　わかってるよ。
　わかってる、けど、璃子が……。
　璃子は昔から体が丈夫だ。風邪ひくことなんて、めったにない。だけど、その「めったにない」ことが起こった時がやばい。
　小学５年の時、一度だけ璃子が熱を出したことがあった。
　普段風邪をひかない璃子は、驚くほど熱に耐性がなかった。
　熱が少しあがるだけで、かなりこたえるらしい。
　あの時、ぐったりとした璃子を見てどうしようもない不安に襲われたのを覚えている。
　俺の方がどうにかなりそうだった……。
「俺は先に保健室行ってるから、工藤は先生連れてきて」
「うん、わかった」
　急いで保健室に向かう。
　もう、わけがわからなかった。
　今日は日菜との大事な日だ。
　放課後にふたりでデートしてほしいと頼まれて、約束したのに……。
　せっかく、璃子と距離を置いてたのに。
　俺、何やってんの？

ばかじゃないの？
なんで璃子の心配してんの？
いいかげん、おかしい。
俺はこの前から本当にどうかしてる。

静かに保健室のドアを開けた。
中は薄暗くて、誰もいない。
そっとカーテンを開けると、璃子がぐったりとした様子で眠っていた。
璃子の頬に触れた指先から、熱い体温が伝わってくる。
息が荒い。
「……ばーか」
何、風邪ひいてんだよ。
ばかのくせに。
冷たくなんかするんじゃなかった。
今朝、一緒に学校に行けばよかった。
俺なら璃子の体調にだって気づいてやれた。
寒い格好してたんなら、マフラーも巻いてやれた。
肝心(かんじん)なときに、なんでそばにいれないんだよ……。
璃子は昔から危なっかしい。
ほっとけない。
璃子には、俺がいないとだめなんだ……。

しばらくして、工藤が先生を連れて入ってきた。
「ごめんなさいね、ちょっと外出してたのよー」

先生はそう言いながらベッドに近づいてくる。
「体温は計った？」
「いえ」
「じゃあ、とりあえず計ってみよっか」
　先生が体温計を取りにいくと、タイミングよく璃子が目を覚ました。
「……彩音……あれ、尚仁くんも……？」
　うっすらとあいた瞳。
　熱のせいか、少し涙目になっている。
「璃子、大丈夫??」
　工藤が心配そうに聞く。
「……大丈夫。迷惑かけてごめんね？」
　そう言ってるけど、どう見てもぜんぜん大丈夫そうじゃない。
　どんだけ熱に耐性ないんだよ。
　てか、倒れる前に気づけよばか。
　本当にこいつは……。
「あ、起きたの？　そういえば宮原さん、保健室に来るの初めてよね？　平気？」
「はい……」
「しんどいでしょう。はい、体温計」
　１分後くらいにピピピッ……と音が鳴った。
「……38度３分かぁ。きついよね」
「……大丈夫です」
　先生が、うーんと唸る。

「休ませてあげたいけど、もう放課後だし、どうしようかな……」
　ちらりと時計を見ると、6時だった。
「迎えにきてもらうしかないね。宮原さん、お家の方は今家にいらっしゃるかな？」
　璃子は、曖昧に笑った。
「仕事でいません……でも大丈夫です。ひとりで帰れます」
　それ、本気で言ってる？
　……ったく、どこまでばかなんだ。
　本当に璃子は何もわかってない。
「先生、俺が一緒に帰るよ」
「あら、菊池くんが？」
「帰り道、一緒なんで。てか、同じマンションだし」
　驚いたカオで璃子が俺を見ている。
「……ほら、帰るぞ」
　無理やり腕を引いて璃子を立たせた。
　璃子が何か言いたそうな目で見てきたけど、無視した。

変化

　だめだ……頭がクラクラする。
　まっすぐ立てている気がしない。
　三半規管が狂ってる……みたいだ。
　校門を出るまでは、尚仁くんに体重を預けるようにして歩いた。
　熱で足元がふらつく私を、尚仁くんは右手でしっかりと支えてくれる。
　ひとりじゃとても歩けそうにないから腕をつかむと、尚仁くんは歩みを止めた。
「お前、なんでそんな薄着なんだよ」
「……こんなに寒くなるなんて思ってなかったもん」
　あきれたようなため息のあと、尚仁くんは自分のマフラーをとって私に巻いてくれた。
　……あったかい。
「これも着とけ」
　そう言って上着まで差しだしてくる。
「だめだよ、尚仁くんが風邪ひいちゃう……」
「いいから着ろ」
　軽くにらまれたので、素直に受け取った。
「……ありがとう」
　……なんか、今日優しい。
　昨日は怒ってたくせに。

心配してくれてるんだ……嬉しいな……。
「……何笑ってんの、きも」
　そう言って私の顔をのぞきこむように見た尚仁くんの意地悪な顔が、──次の瞬間、見えなくなった。
　ぐらりと体が傾く。
「──おいっ!?」
　気づいたときには、尚仁くんの腕の中。
　尚仁くんの匂いが、私を包みこむ。
「……ごめん、ありがと」
　尚仁くんから離れたとたん、また冷たい風を感じる。
「ろくに歩けてねぇじゃん」
「ごめん……」
　尚仁くんが私の腕をつかんだ。
「背中、乗れば」
　不機嫌そうな、低い声。
「え?」
「そんなフラフラじゃ、いつまでたっても家に着かないだろ」
「でも……」
「……乗らないなら、遥にばらす」
「……」
　尚仁くん、それ脅迫(きょうはく)って言うんだよ。
「尚仁くんてずるい……」
「何が」
　私の腕をつかむ指に力が入ってきた。

「本気で心配してんだけど」
　……何よ、もう。
　冷たくなったり優しくなったり……。
　調子狂うなぁ。
「この年になって、はずかしいよ……」
「俺だってはずかしい」
「じゃ、やっぱりやめようよ……」
「いーから。早くしろって」
　再びにらまれたから仕方なく従った。
「……重くない？」
「重い。胸ないくせに体重はあるんだな」
「…………」
　やっぱり意地悪な尚仁くん。
　でも、尚仁くんの背中はあったかかった。
　このまま眠ってしまいそうなくらいに、尚仁くんの匂いと体温が心地いい。
　………あぁ、なんかほんとに眠くなってきた。
　意識が遠のいていくのがわかる。
　…………。
　――なあ、璃子。
　尚仁くんが私の名前を呼んだ気がした。
　だけど、頭がぼうっとして、意識は落ちていくばかり。
　――なあ、璃子ってば。
　うん……どうしたの？　尚仁くん……。
　――やっぱりお前、遥が好きなの？

うん……好きだよ……大好き。
　──へえ。いつから？
　うんとね……中……学の時から……。
　──そんなに、ずっと好きだったんだ？
　…………。
　──璃子、寝たの？
　…………。
　──最悪。やっぱり、一緒に帰らないなんて言うんじゃなかったな……。

「おい、起きろ」
　叩かれた。
「お前、親何時に帰ってくる？」
　耳元で声が聞こえて、あわてて目を開ける。
　もう、マンションの前だった。
　いつの間に……。
　私、寝てたんだ……。
「えっと、お母さんは昨日から出張で福岡に行ってる」
「姉ちゃんは？」
「お姉ちゃんは……とうぶん大学に泊まるって言ってた」
「誰もいねぇの？」
「うん」
　ちなみにお父さんは海外に単身赴任してて、年に１回しか帰ってこない。
「まじかよ……」

尚仁くんがぼやく。
「べつにひとりで大丈夫だよ？　帰ったら寝るだけだし」
「…………」
　少しの沈黙のあと、聞こえたのは長いため息。
「今日、俺んち泊まれ」
「……ん？」
「熱あんのにひとりってやばいだろ」
「だ、大丈夫!!　ぜんぜんやばくない」
　突然の提案にパニックになる。
「今日姉ちゃんしか家いないし、大丈夫だからさ」
　気持ちは嬉しいけど、家に泊まるなんて、どう考えても迷惑だよ。
「いや、ほんとに大丈夫！」
「遥にばらすよ？」
「うっ……」
　いつの間にか尚仁くんに弱み握られている。
　逆らえない。

　結局、尚仁くんの家にお邪魔してしまった私。
　というか、無理やり連れてこられたんだけど。
「あれ、璃子ちゃんじゃん！　お久〜」
　尚仁くんのお姉さんの、萌花さんが嬉しそうに迎えてくれた。
「姉ちゃん、今夜璃子うちに泊まるから」
「えっ？　まさか、あんたらそーいう関係だったの!?」

「ち、違いますよ!!」
　あわてて否定する。
「こいつ、学校で熱出して倒れたんだよ。親いないって言うから連れてきた」
「そうだったんだ、璃子ちゃん大丈夫?」
「あ、はい」
「あたしがおかゆ作ってあげるから、それまで尚仁の部屋で寝てていいよ?」
「ありがとうございます」
　やっぱり萌花さんは優しい。
　それに可愛いし、きっとモテるんだろうな。
　尚仁くんの部屋に連れていかれて中に入ると、相変わらずきれいに片づいていた。
　尚仁くんの部屋に入ったの何年ぶりだろう。
「とりあえず、寝とけば。寒いんなら布団何枚か持ってくるけど」
「大丈夫、ありがとう」
「あと、これ着替え。姉ちゃんの」
　差しだされたピンクのニットパジャマを受け取る。
「べつに、俺の服でもいいけど?」
「……けっこうです」
　尚仁くんがおもしろそうに笑った。
「ちゃんと着替えて寝とけよ。制服はそこのハンガーに掛けていいから」
「うん」

「おかゆできたら持ってくる。じゃ」
「あ、待って」
　部屋を出ていこうとする尚仁くんを呼び止める。
「あの、尚仁くんのベッドで寝ていいの？」
「……他にどこがあんの？」
　ばかにしたように笑われる。
「そっか、ありがとう……お借りします」
「ん……」
　なんか、尚仁くんのベッドで寝るなんて変な気分だ。
　萌花さんの服は、もこもこしててあったかい。
　泊めてもらうなんて、やっぱり申し訳ないな。
　彼女でもないのに。
　なんだか、日菜ちゃんに悪いなぁ。
　ん……あれ？
『明日で日菜と付き合ってから半年になんだけど、そういう記念日に何もらったら嬉しいの、女子って』
　ふと、昨日の尚仁くんとの会話が思い出される。
　尚仁くん、今日って大事な記念日だよね??
『明日、デートとかするの？』
『放課後ね』
　あれ、デートはどうしたの……？
　日菜ちゃんとペアのキーホルダー買うって言ってたよね？
　なんで？
　もしかして、私が倒れたから断ったの？

ううん、もしかしなくても、きっとそう。
　何やってんのよ……。
　布団をぎゅって握りしめた直後、部屋のドアが開いて尚仁くんが入ってきた。
　私は、思わず上半身を起こした。
「ほら、おかゆ──」
「尚仁くんのばか!!」
　私の声と、尚仁くんの声が重なる。
「は？」
　尚仁くんはちょっと驚いたように私を見た。
「今日、日菜ちゃんとデートだったくせに……」
「…………」
　無言で私を見おろしてくる。
「なんで行かなかったの？　日菜ちゃん絶対に楽しみにしてたよ。大事な日なのに……」
　尚仁くんは曖昧に笑うと、そっとベッドの横にかがんだ。
　目線が、同じくらいの高さになる。
「日菜との記念日はたしかに大事だけど、璃子が倒れたとか聞いたらほっとくわけにはいかない」
「……私のことなんかほっといてよかったのに。日菜ちゃん傷つけたらだめだよ」
　尚仁くんは、私の目をじっと見つめてくる。
　なんか、いつもと違う表情。
　真剣な眼差しに、思わずどきってした。
「そんな不安そうなカオしなくても、さっき電話で日菜に

は謝ったし、日菜もわかってくれたから」
　尚仁くんが、子どもをあやすみたいに、私の頭をそっとなでた。
「ごめん、私のせいで……」
「べつに、お前のせいじゃないだろ。それに、デートとかいつでもできるし。な?」
　そう言って、尚仁くんが優しく笑う。
　……なんでそんなに優しいの?
　いつもの意地悪な態度と正反対。
　なんか、調子狂う。
　調子狂うよ……。
　尚仁くんて、こんな優しい顔したりするんだ……。
　ちょっと間があって、胸がぎゅーって締めつけられたみたいになった。
　私、なんか、どきどきしてる?
　とっさに布団を顔まで引きあげてしまった。
「今日の尚仁くん、なんか変!!」
「は?　何、いきなり」
「…………」
　……わかんない。
　いつもと違う。
　こんなんじゃない。
　尚仁くんといてこんなに緊張するなんて、変だ。
「……おかゆ、冷めるぞ」
　差しだされた萌花さんがつくってくれたおかゆを受け取

る。
　まだあったかかった。
「いただきます」
　ほかほかしててすごくおいしい。
「そんなにうまい？」
「えっ？」
「顔が、幸せそう」
「うん、すっごくおいしいよ！」
　私が答えると、尚仁くんはまた笑った。
「璃子は、すぐに顔に出るよな」
「そうかなぁ？」
「自覚なしかよ。ほんとにわかりやすいよ、お前は」
「そんなに？」
「…………」
　ふと、尚仁くんが黙った。
　優しい笑みを残したまま、私の目を見つめてくる。
　……何？
「……たとえば、遥の名前出すと、すぐ赤くなるし」
「……なってないし」
　尚仁くんの手が、再び頭に伸びてきた。
　そっと、私の髪に触れる。
　なんか、また胸のあたりがどきっとした。
　なんで、そんな彼女にするようなことばっかりするかな。
　尚仁くんは女慣れしてるんだろうけど、そーいうこと、私は慣れてないんだよ。

まぁ、からかってるだけなんだろうけどさ……。
「遥のどこが好きなの」
　唐突な問いかけに、おかゆのスプーンを落としそうになる。
「そ、そんなの……尚仁くんに言う必要ないじゃん」
「なんで」
「はずかしいじゃん……」
「いいから、言えって」
　尚仁くんが顔を近づけてきた。
　この前のキスを思い出してしまって、目を逸らしたくなる。
　近いってば……。
「……言え」
「やだ」
「言わないなら……」
　いったん、言葉を切る尚仁くん。
　"遥にばらすよ"
　そう、言われると思ったのに……。
　突然、尚仁くんがベッドの上に片手をついてきた。
　ギシッとスプリングの軋んだ音が聞こえたかと思うと、急に体を寄せてくる。
「あの、尚仁くん……」
　私はおかゆが入ったおわんを横にあった机の上に置く。
　体重をかけてくる尚仁くんの胸を両手で押し返した。
「何やってるの……」

次の瞬間、押し返していた手をつかみとられる。
　ぐいっと引き寄せられて、あっという間に距離が縮まった。
「……言わないと襲う」
「えっ……ちょっと待って、よ」
　まっすぐに見れない。
　尚仁くんが今、どんな表情で私を見つめているのか、知りたいけど知りたくない。
　尚仁くんの顔があまりにも近くにあって、ちょっとでも顔をあげたら唇が触れてしまいそうだった。
「あのさ、今気づいたんだけど、隙が多すぎ」
「えっ……隙？」
「俺に触られたぐらいでそんな真っ赤になりやがって。相手が遥だったらどうするんだよ」
「えっ……相手が中沢くんだったら……？」
「あー、違う。そんなの想像しなくていい。ていうか、するな」
「はあ……？」
「今は俺が触ってんのに、遥のことなんか考えないで」
「えっ？　だって中沢くんのどこが好きかって聞いたの尚仁くんだよ……？」
「うるさい。あいつの名前なんか呼ぶな」
「…………」
　さっきから言っていることがめちゃくちゃすぎる。
　ただでさえ熱でよく頭が働かないっていうのに、こんな

ことされたらショートしちゃうよ……。
　再び、視線が絡んだ。
「言っとくけど……お前のこの細い腕をつかんで押し倒すことぐらい簡単なんだからな」
「……っや、尚仁くん……」
　何か、言わないと……。
　考えれば考えるほど焦って、つかまれた手の力が抜けていく。
「……手、放して」
「…………」
　無言のまま、静かに手が離された。
　ほんとに違う。
　いつもの尚仁くんじゃない。
　いったい、どうしたの……？
「……中沢くんは、優しいんだよ」
　精いっぱいに答えた。
「優しいから、好きなの？」
「うん。すっごく優しい」
　中学校のときから、中沢くんのさりげない優しさが好きだった。
　それと、笑ったときの表情。
　控えめで、でも、どこか子どもっぽい笑顔。
「……じゃあ、俺は優しくない？」
「尚仁くんは優しいよ。でも、中沢くんとはまた違うもん」
「……ふうん」

つまらなそうなため息。
　　尚仁くんは興味を失ったように立ちあがった。
　　自分から聞いてきたくせに……。
「風呂入ってくる」
「……うん」
「なんでそんなに顔赤いんだよ」
「熱あるし尚仁くんが変なことしてくるからでしょ」
「……今のは冗談。ふざけただけ」
「そういう冗談、やめてね」
「璃子からかうの、おもしろいから」
　　前言撤回。
　　やっぱりいつもと変わんない。
　　尚仁くんは、いつもと同じ意地悪な尚仁くんだ。
「尚仁くんはむやみに女の子に手出したらだめだよ？」
「してねぇけど、なんで？」
「こんなことされたら、誰だってどきどきするじゃん」
　　尚仁くんが少し笑う。
「へぇ、お前、どきどきしたの？」
「私はしないけど!!」
　　……嘘デス。
　　ちょっと、いや、かなりどきどきしました。
　　男の人に慣れてないんだよ、私。
「尚仁くん、私のこと好きじゃないでしょ？」
「は？」
「えっと、その……恋愛的な意味では好きじゃないで

しょ?」
「うん」
「好きじゃないなら、触らないでよ」
「…………」
　一時の沈黙ののち。
　ちらりと尚仁くんの顔を見ると、視線が絡んだ。
　再び手が伸びてくる。
　すばやく尚仁くんが顔を近づけてきて、私のおでこに口づけた。
　……え？
「ちょっ、何を……」
「ドキドキさせてやろうと思って」
　そう言っておもしろそうに笑ったあと、尚仁くんは部屋を出ていった。
　触らないでって今言ったばっかりなのに……！
　だから、冗談やめてってば。
　キスって、そんな軽々しくするもんじゃないでしょ。
　だいたい、日菜ちゃんいるのに何してるの!?
　尚仁くんのばか！
　心臓、どきどきして、うるさいじゃんか……。
　きっと、熱のせいだ。
　うん、きっとそう……。

やり直しデート 【尚仁side】

　だめだ。
　相手は璃子なのに、無意識に体が動いてしまう。
　至近距離で見つめられたら無性に……。
　抱きしめたくなって。
　そして、もっと困らせたい。
　なんで？
　風呂の湯に浸かりながら、深く息をはいた。
　前髪をかきあげて、水滴が落ちていく自分の手をぼんやりと見つめる。
　ゆっくりと、さっきの日菜との電話が、思い出された……。

「今日、行けなくてごめん」
『ううん、大丈夫だよ。璃子ちゃん倒れちゃったんでしょ？しょうがないよ』
「ほんとにごめん……」
『謝んなくていいってば。そのかわり、明日の放課後はデートしたいなぁ……だめ？』
「いいよ。授業終わったら教室に迎えにいくから」
『うん、ありがとう』
「じゃ……」
『……ねぇ、尚仁』

「ん？」
『好き……』
「……あぁ」
『ほんとに、好きなんだから』
「……俺もだよ」
『————』
　その後、日菜が何か言った気がしたけど、聞きとれなかった。
　聞き返すことができなくて、そのまま電話を切った。
　また日菜を不安にさせてしまった。
　もう、璃子とは帰らないって言ったくせに……。

　風呂からあがってそっと自分の部屋をのぞくと、璃子は気持ちよさそうに寝息を立てて眠っていた。
　無防備な姿に、不覚にもドキリとする。
　ずれていた布団を掛け直してやると、璃子の身体が少しだけ動く。
　触りたくなる。
　なんで？
　今日の俺は、きっと正気じゃない。
　眠っている璃子の唇に俺のを重ねようとした。
　ほぼ、無意識に。だけど、意識的に。
　ああ、くそ……。

　部屋を出てリビングにいくと、姉ちゃんがテレビを見て

いた。
　俺は姉ちゃんが座ってない方のソファに寝ころぶ。
「璃子ちゃん調子どう？」
「ぐっすり寝てるよ」
「そっか。あんたはまだ寝ないの？」
「今日はソファで寝る」
「璃子ちゃんと一緒に寝ればいいのに」
　姉ちゃんは、真面目なカオでそんなことを言ってくる。
　俺が黙っていると、おもしろそうに笑った。
「何？　そんな変なカオして……まさか、もう襲ってないでしょうね」
「……ばかじゃねぇの。璃子に手出すとかありえねーし」
　そう言いながらも、なぜか心臓がはやく脈を打ちはじめる。
　べつに、襲ってなんかない。
　キスは未遂。
　襲ったうちに入らないはずだ。
「だいたいあいつ色気ねぇし、襲う気もおきないね」
「どうだか」
　正直な話、璃子と同じ部屋で寝るつもりだった。
　床に布団を敷いて、隣に。
　だけど部屋にいると落ち着かなかった。
　眠っている璃子を目の前にして、なぜか胸がさわいだ。
　これ以上同じ部屋にいると理性がきかない。
　直感的にそう感じて。

「……明日、日菜と放課後遊んでくるから、もう寝るわ」
　俺は無理やり目を閉じる。
「日菜ちゃん？　あんたら、まだ続いてたんだ？」
「……まあ」
「めずらしいね。もうとっくに別れてるのかと思ってた。最近あんたの口から名前聞かなかったし」
「…………」
　俺も、まさか半年続くとは思ってなかった。
　今まで付き合った女は、みんな自分から近づいてきたくせに自分から離れていった。
　みんな、たいてい同じことを言う。
『あたしのことほんとに好き？』
　日菜は、それを言わない。
　言わないから、たぶん付き合ってられるんだと思う。
　でも最近、正直わからなくなる。
　日菜のことは好きだと思う。
　これまで付き合ってきた女たちとは違う。
　特別に……大切に思ってる。
　だけど、日菜を大切にしようとしても、璃子から離れることはできなかった。
　自分から距離を置いてみても、気づいたら璃子のことを考えていた。
　璃子がそばにいないと……落ち着かない。
　自分の璃子に対する気持ちがわからない。
　ばかで、ほっとけない。

ついついかまってしまう。
　それなのに、璃子を見てるとむかつく時がある。
　甘やかしたい気持ちもある反面、思いっきり傷つけて泣かせたくなるような……そんなめちゃくちゃな感情が時々入り混じる。
　俺、おかしいのかもしれない。
　わからないからずっとモヤモヤして気持ち悪いし、日菜にもなんとなく後ろめたいし……。
　ここんとこ、ずっと最悪な気分だ。

　どうしても気になって、もう一度自分の部屋をのぞきにいった。
　相変わらずの、隙だらけでばかそうな寝顔。
　しんとした空間の中、
「……中沢くん……」
　不意に聞こえたその名前。
「……うるせぇよ」
　今お前のそばにいるのは俺なのに。
　璃子の唇を俺のそれで塞いだ。
　熱い体温が伝わる。
　２度目のキス。
　ぐっすり眠っている璃子は気づかない。
『好きじゃないなら、触らないでよ』
　……好きとか、そんなんじゃない。
　ただ、むかついた。それだけ。

だから……お仕置き。

次の朝。
　——尚仁くん。
　俺の名前を呼ぶ声が聞こえて目を覚ますと、璃子の顔が目の前にあった。
　驚いて体を起こす。
「あ、尚仁くんおはよう」
「……はよ。体調は？」
「もう大丈夫。ソファで寝させてごめんね。ベッドありがと」
「ああ」
　起きたら璃子がいるって、なんか不思議な気分。
　……同棲してるみたいだ。
「あ、尚仁くんはまだ寝てていいよ」
　外はまだ暗い。
　時計を見ると、まだ朝の５時だった。
「たぶん熱はさがったし、学校には行こうと思って」
「大丈夫か？　無理すんなよ」
　すると、璃子が柔らかく笑った。
　その笑顔に、なぜかドキリとする。
「なんか、尚仁くん昨日から優しいね」
「……べつに」
　照れくさくなって、目を逸らした。
　俺に背を向けて璃子がリビングを出ていく。
　……だから、なんでこんなに胸が、なんていうか、ざわ

ざわしてんのか。
　くそ……わかんねぇ。
「私はいったん家に帰るね。シャワーとか浴びたいし……だから、時間になったら先に学校行ってね」
　璃子が振り返り、そう言った。
「は？　一緒に――」
　行けばいいだろ。
　言いかけた言葉をあわてて飲みこむ。
　そうだ、一緒に行かないって約束したんだった……。
「わかった。遅刻すんなよ？」
「しないし!!」
　生意気に言い返してくるあたり、本当に元気になったらしい。
　まあ、よかった。

　放課後。
　昨日の約束どおり、俺は日菜を教室まで迎えにいった。
　昨日のことで怒ってるんじゃないかと心配したけど、俺を見ると日菜はいつものように、無邪気に微笑んだ。
　そして、腕を絡めてくる。
「今日も寒いね！　どこ行く??」
「あそこ……、ほら、日菜が好きな雑貨屋。銀行の横の」
「あ、あそこ？　行きたい！　でもなんで雑貨屋さん??」
「キーホルダー、ペアのやつ買おうと思ったんだけど……どう？」

日菜がちょっと驚いたように見あげてきた。
　まずかったかな？
　と不安になったのもつかの間。
「尚仁、だいすき……っ」
　突然抱きつかれる。
　胸に顔をうずめてきて、甘い香水の香りがした。
「おい、ここ学校」
「いいじゃんべつに……誰もいないよ？」
　甘えたような声に促されて、俺も日菜の背中に腕をまわした。
　誰もいない教室で抱き合う。
　なんだか落ち着かない気分になる。
　日菜が腕の力をゆるめて上目遣いで見つめてくると、自然な流れで唇が重なった。
「……んっ……」
　ちらりと、脳裏に璃子の顔が浮かんだ。
　こんな時に璃子のことを思い出す自分にイライラした。
　無性に胸がざわざわと音を立てる。
　無意識のうちに深くなっていくキス。
　俺の中から璃子を消したくて必死だった。
　わけのわからない焦りが体中をかけめぐる。
　わけがわからないまま、キスを続けた。
「……ん……っ……しょう、じん……っ」
　息があがりはじめた日菜の声で俺は我に返り、あわてて唇を離す。

「……ごめん」
「やめないで、いいよ……？」
　顔を赤くして、はずかしそうに日菜がつぶやく。
「……そろそろ行こうか」
「うん」
　俺が歩きだすと、日菜は黙ってついてきた。
　学校を出てから10分ほど歩いて目的の雑貨屋に着いた。
　店の中は相変わらず明るい雰囲気に包まれていて、同年代ぐらいの客でにぎわっていた。
　俺たちと同じようなカップルも目に入る。
「ね、こんなのどうかな??」
　嬉しそうに日菜が俺に見せてきたのは、パズルのピースの形で、ふたつ合わさると中のハートの模様がつながるやつだった。
　日菜が選んだにしてはわりとシンプルなデザインだ。
「こんなんでいいの？」
　聞くと、日菜はこくっとうなずいた。
　レジに持っていくと、店員が日菜を見ながら、
「彼女さんですか？」
　と聞いてきた。
　うなずくと、にっこりと笑いかけられる。
「おふたり、お似合いですね」
　なんて返していいかわからなくて、俺はただ笑い返す。
　日菜は、少し照れたような笑みを浮かべていた。
「これシンプルですけど、わりと人気が高いんですよ〜」

会計を済ませて日菜に袋を渡すと、嬉しそうに受け取る。
「ありがと。すっごい嬉しい!!」
「そんなに？」
「うん。ペアって憧れだったんだ〜」
　よほど気に入ったらしく、いまだに顔が赤みを帯びている。
　店の外は、やっぱり寒かった。
「尚仁もつけてね！」
「そりゃ、つけるよ」
「一緒に、カバンにつけよ？」
「いいよ」
　さっそく、日菜が袋からキーホルダーを取り出す。
　渡された片方を、日菜のカバンと同じ位置につけた。
「尚仁にキーホルダーって、なんか似合わないね〜」
「俺もそう思う」
　そんな他愛のない話をしながら街を歩く。
　楽しそうに笑う日菜。
　昨日行けなかった分の埋め合わせは、どうにかできたかな……。

　それからカフェに１時間くらい寄って、日菜の好きな抹茶ラテを飲んで家に帰った。
　半年付き合ったけど、ふたりきりでデートとかは、今までに数えるほどしかなかったように思う。
　この前、日菜が言ったように、放課後に遊ぶ時はたいて

いグループだった。
　女とは何人も付き合ってきたけど、デートとか、カップルらしいことをするのは日菜が初めてかもしれない。
　以前の女たちとは違って、半年たってもいまだに俺を好きだと言ってくれる彼女。
　こんなに想ってくれてるのに……。
　昨日は、ほんとごめんな。
　だけど、罪悪感にさいなまれながらも、璃子のことが頭から離れない。
　どうしても、ほおっておけないんだ。

甘い放課後

　尚仁くんの家に泊めてもらって、ひと晩寝たらすっかり元気になった。
　昨晩、尚仁くんからかかってきた電話によると、尚仁くんは放課後に日菜ちゃんとデートして、ちゃんとペアのキーホルダーを買えたらしい。
　日菜ちゃんはすっごい喜んでくれたみたい。
　よかったな……。
　尚仁くんと日菜ちゃんにはずっと続いてほしい。
　だって日菜ちゃんは、女遊びしてた尚仁くんにとって初めての、彼女らしい彼女だから。
　今までろくな別れ方をしてこなかった尚仁くんには、きっと、日菜ちゃんみたいな一途な女の子が必要なんだ。
　ただの幼なじみでしかない私が、尚仁くんのそばに居るのは、やっぱりいけないと思う。
　これからは、日菜ちゃんを不安にさせないようにしなきゃ……。
　ズキズキ。
　あれ、おかしい。どうしてだか胸が痛い。
　尚仁くんが日菜ちゃんとうまくいって喜んでるはずなのに……。
　なんだかすっきりしない。
　今度こそ尚仁くんが遠くに行っちゃう。そう思ったら急

に泣きたくなった。
　ちゃんと自立しなきゃいけないのに。
　尚仁くんがいなくたって我慢しなきゃいけないのに。
　そんなことを考えながら、モヤモヤした気持ちがずっと胸の奥の方でくすぶっていた。

　たいしていつもと変わらない木曜日の朝。
　1限目の生物は、先生が出張のため自習になった。
　課題が用意されてないからみんなは好き放題やっていて、教室内はかなりさわがしい。
　あたしはとくに何をするでもなく、ただぼんやりと外の景色を眺めていた。
「何ぼーっとしてるのよ」
　彩音も暇だったらしく、空いていた私の前の人の席に座ってきた。
「なんか、空がきれいだなぁと思って」
「ごまかさないの〜。中沢くんのこと考えてたくせに〜」
「考えてないよ」
「え〜?」
　ニヤニヤと笑ってくる彩音。
　いや、ほんとに考えてないからね?
「じゃ、菊池くんのこと考えてたでしょ」
「……なんで尚仁くんがでてくるの」
　たしかにちょっとは頭にあったけどさ。
「一昨日の菊池くんすごかったんだから。あたしが璃子が

倒れたって言った瞬間、顔色変えて保健室にまっしぐらだったもん」
　……そうだったの？
「あんな菊池くん初めて見たな〜。いつもの余裕完全に失っててさ、ぜんぜん違う人みたいだった」
「へ、へぇ……」
　一昨日の尚仁くんの優しい顔が頭に浮かんできて、なんか落ち着かなくなる。
「あんなに心配するほど、璃子のこと大事に思ってるんだねぇ」
「そうかなぁ……？」
　尚仁くんは意地悪だけど、私のこと大事な幼なじみって思ってくれてるんだね。
　胸が、ぎゅうってあったかくなった。
「あれ、でも一昨日はお母さん出張で福岡とか言ってなかった？　家にひとりって、大変だったね」
「ううん、尚仁くんが家に泊めてくれたよ」
「……はあぁぁぁぁっ!?」
　突然のうるさい叫びに、思わず耳を塞ぐ。
「泊まったの!?」
「そうだけど……？」
「きゃーっ!!　なんでそれを早く言わないのっ」
「べつに、言う必要を感じなかったし」
「それで??　一緒の部屋で寝たりしたの!?　何かされなかった??」

「一緒には寝てない、けど」
「けど!?」
　あ、しまった。
　彩音のこのカオ、絶対楽しんでる。
「……おでこにキスしたりしてきて、また私をからかってきた」
　正直に告げると、彩音はちょっと驚いたように目を丸くした。
「……璃子」
「何？」
「やっぱり菊池くんて、璃子のこと──」
「ないから。絶っ対ないから」
　彩音が言い終わらないうちに、はっきり否定する。
「尚仁くんは日菜ちゃん一筋なんだから」
「……でも、わかんないよ？」
「ないから」
「……つまんないの」
　彩音は、どうしても尚仁くんが私を好きってことにしたいらしい。
　そしてあわよくば、私と尚仁くんがくっつけばおもしろいと思ってる。
　でも、残念だけど、尚仁くんはきっと日菜ちゃんにベタ惚れしてる。
　私にプレゼントのアドバイスを求めてくるほど、日菜ちゃんが大好き。

そして、私は中沢くんにぞっこん片想い中。
　そんな私たちの間には、大事な幼なじみっていうカンケイしか成立しない。
　それはこれからもずっと、たぶん変わらない。
　だから……気のせい。
　尚仁くんのこと考えたときの胸のモヤモヤも、ズキズキも……ドキドキも、全部気のせい。
　うん。きっと、そう……。

　放課後。
「おい、宮原」
　さかティーに呼び止められた。
「はい？」
「お前たしか英語係だろ？　英語の岡山(おかやま)先生が呼んでいたぞ」
「えっ、どうしてですか!?」
「たしか、明日使う資料を運んでほしいとかで……」
「はぁ……わかりました」
「よろしくな。たぶん、職員室にいらっしゃると思うから」
　私はいったん教室に荷物を置いた。
　……資料運びか。岡山先生って人使い荒いんだよなぁ。
「璃子ったら大変だね」
　私は苦笑いする。
「ごめん。彩音今日も塾だよね？　先に帰ってて」
「うん、わかった。じゃ、もう帰るけどがんばってね!!」

彩音は手を振りながら教室を出ていった。

　職員室に行くと、待ってましたというように岡山先生が駆け寄ってきた。
「わざわざ来てくれてありがとね〜」
「いえ」
「これを教室まで運んでほしいんだけど……」
　そう言いながら先生が指さした棚を見ると、ホッチキス留めされた資料が大量に積まれていた。
　……なにこれ、多すぎっ。
「わかりました」
　しょうがないから、仕方なく受け取る。
　ずしっとして重い。
「あ、重いなら２回にわけて運んでいいのよ？」
「……いえ、大丈夫です」
　そうしたいのはやまやまなんだけど、２回も職員室に行くのも手間がかかる。
　先生の目の前でため息つきたくなるのを我慢して、やっとの思いで職員室を出た。
　職員室と私の教室は棟(とう)が違うから、少し歩かなきゃならない。
　距離にしたらたいした長さじゃないんだけど、この重たい資料を持って歩くとなるとやっぱり疲れる。
　……はぁ、重い。
　ようやく中間地点の渡り廊下まで来た。

あと少しだ、がんばれ璃子……。
そう自分に言い聞かせながら、1歩踏みだした直後。
私は何かにつまづいた。
あっと思ったときはもう遅い。
転びはしなかったものの、バランスが崩れたせいで手に持っていた資料が……あっけなく廊下に散乱した。
　──最悪だ。
そうつぶやいた矢先……。
「あれ、宮原？　……どうしたの」
聞き覚えのある声に、思わず肩がビクッとした。
振り返らなくてもわかる。
──よりによってこんな場面で会っちゃうなんて……。
はずかしすぎる。
私は、ゆっくりと後ろを振り向いた。
そこには案の定、中沢くんが立っていて。
床に散らばった資料に気づいたらしく、苦笑いを浮かべなから私に近づいてくる。
「派手にやったなぁ」
そう言って資料を拾いはじめた。
私は緊張で頭がまわらず、なんて言えばいいかわからないまま資料を拾う。
……どうしよう、はずかしい。
めちゃくちゃはずかしいっ。
中沢くん、手伝ってくれてる……やっぱり優しい……っ。

でもはずかしい……っ!!!!
　頭の中はパニック状態。
　私は夢中で資料を拾い続けた。
　やがて拾い終わると、中沢くんが、ふうっと息を吐いた。
「なんとか全部拾えたな」
「あっ、ありがとう」
「いーよ。それより、これどこまで運ぶの？」
「教室だけど……」
「さすがにキツいだろ。俺が半分持つから、貸して」
　そして、中沢くんは資料をひょいと持ちあげた。
「えっ、いいよ！　大丈夫!!」
　断ったけど、中沢くんは黙って歩きだす。
　半分って言ったのに、手に持ってる量は明らかに中沢くんの方が多い。
　紳士すぎる。中学の時から変わらない。
　……何、この幸せ展開。
　はずかしいけど、優しい中沢くんにどうしても顔がゆるんでしまう。
　やっぱり、好きだなぁ……。
　ドキドキしながら中沢くんのあとについていった。

　教室に着くのはあっという間だった。
　外はもう暗くなりはじめていて、教室は薄暗い。
　誰もいない放課後の薄暗い教室に、好きな人とふたりきり……。

そんなシチュエーションにどうしようもなく胸が高まる。
「中沢くん、本当ありがとね」
「どーいたしまして」
　やっぱり、その笑顔は反則なんだよなぁ……。
「あのさ宮原、ちょっと聞きたいんだけど……」
「うん、何？」
　まさかまだ会話が続くなんて思ってなかったから、変に緊張してしまう。
　私、不自然じゃないかな？
「……尚仁と、付き合ってんの？」
「……ええっ!?」
　思わぬ言葉に、びっくりして叫んでしまう。
　なんで尚仁くん!?
「付き合ってなんかないよ!?」
　だって尚仁くんは日菜ちゃんとラブラブで、中沢くんもそのこと知ってるはずだよね？
「そっか」
「うん。でも、なんで……？」
「中学ん時から思ってたんだけど、ふたり仲いいじゃん？一緒に帰ったりとか、いろいろ……」
「でも、尚仁くんて彼女いるし……」
「知ってるよ」
　知ってるよ、って……。
　それなら、どうしてそんなこと聞いてくるんだろう？

私と尚仁くんて、はたから見ればカップルに見られたりしてたのかな？
　……今までは普通に一緒に登下校してたわけだし、そう見られても仕方ないかもだけど。
「ほんとに違うからね？」
　念を押してもう１回言うと、中沢くんは笑った。
「はいはい、もうわかったよ」
　だってね、私はあなたが好きなんだよ。
　中沢くん。
「でも、尚仁はいっつも宮原の話してるよ」
　その言葉に、少し驚いた。
「私の話？？」
「教室でけっこう宮原の話題になるんだよ。尚仁が宮原の話ばっかりするから」
　し、知らなかった……。
　私ばかだからいろいろネタにされてるのかな。
　うん、そうにちがいない……。
「尚仁くん、いつも私のことなんて言ってるの？」
「んー。からかうとおもしろくて、いじりがいがあって、大食いで、ドジで、成績はいいくせにバカ……とか？」
「…………」
　言葉が出ない。
　予想はできてたけど、そんなにひどい言われようとは……いいとこひとつもないじゃんか。
　これじゃ、中沢くんにも私のダメなところがダダ漏れ

じゃない……。
　尚仁くんのばか、ばか、ばかっ!!!!
　落ちこんでうなだれていると、中沢くんが私の頭にやさしく手をのせてきた。
「──っ」
　びっくりして体が固まる。
　心臓が、急激に早く脈を打ちはじめた。
　え？　ええっ??
「そんなにわかりやすく落ちこまなくていいって。尚仁の言うこといちいち本気にしたらきりないから」
「う、うん……ありがと」
　頭がぐるぐるまわって、思考がぐちゃぐちゃ。
　中沢くんに、頭なでられた……。
　もう、どうにかなりそうだよ。
「……ねぇ、中沢くん」
　私は無意識のうちに話しかけていた。
「うん、何？」
「あのね、尚仁くんに聞いたんだけどね……」
「うん」
「中沢くん、好きな人いるの……？」
　あぁ、私、なんてこと聞いてるんだろう……。
　少しの時間、私と中沢くんのあいだに沈黙が流れた。
　やっぱり、まずいこと聞いたかな？
　おそるおそる顔をあげると、しばらくして中沢くんが口を開いた。

「……いるよ」
「……そっ、か」
　私はうつむきながら答える。
　自分から聞いたくせに、うまく返事ができない。
　誰なのか知りたいけど、これ以上聞く勇気はなかった。
　再び、気まずい沈黙になる。
　自分のうるさい心臓の音が聞こえてしまいそうだ。
「──誰だか知りたい？」
　長い沈黙のあと、教室に響いた低い声。
　反射的に顔をあげると、そこには、いつになく真剣な中沢くんの顔があった……。
　知りたい。
　でも知りたくない。
　知ってしまったら、私、立ち直れる自信ないよ……。
「……ヒントあげようか？」
　中沢くんの静かな声に、ためらいながらも首を横に振った。
「私、知らなくていい……」
　下を向いて答えると、中沢くんが私の顔をのぞきこんできた。
　ありえないほど近い。
　下から見つめてくる中沢くんに、私の目は完全に逃げ場を失う。
「俺が好きなのは──」
　やめて、言わないで……！

ぎゅっと目を閉じた。
「──何してんの？」
　突然、背後から聞こえた声にビクッとする。
　私は反射的に振り返る。
　ドアに右手をついて、じっとこちらを見据えてくるひとりの男子。
　──嘘。
　相手と目が合った瞬間、心臓が大きく跳ねた。
「……尚仁くん……!!」
　なんでいるの……。
　中沢くんが軽くため息を漏らした。
「尚仁……お前いつからそこにいた？」
「……んー、中沢くん、好きな人いるの？　ってとこあたりかな」
　その言葉に、急に顔が熱くなる。
　聞かれてたんだ……。
「ていうかお前、彼女と帰るんじゃなかったのかよ」
　中沢くんが問い詰める。
「今日は部活あんだよ、俺」
「じゃあ、早く行けよ」
「…………」
　尚仁くんが口をつぐんで、中沢くんをにらんだように一瞥した。
　そして、ゆっくりと近づいてくる。
　次の瞬間、ぐいっと肩を引き寄せられた。

「うわ……っ」
　ふわりと鼻をかすめる尚仁くんの匂い。
　尚仁くんに触られた肩が、こころなしか熱くなったように感じた。
「悪いんだけど、璃子とふたりにしてくんない？」
　私を抱き寄せたまま尚仁くんが言う。
　どきどきしながら顔をあげると、中沢くんはちょっと困惑したような笑みを浮かべていた。
「……わかったよ」
　そう言って、中沢くんが静かに教室を出ていく。
　ドアが閉められると、尚仁くんと私だけの空間になる。
　尚仁くんが私から手を離して、黙って見おろしてきた。
　冷たい表情に不安が掻き立てられる。
　突き刺すような視線が痛い。
　私、何か怒らせるようなことしたかな……？
「尚仁くん、どうしてここにいたの？」
「……たまたま」
「…………」
「遥とふたりで何やってたんだよ」
「資料運ぶの手伝ってくれて、ちょっと話してただけだよ」
「なんであいつが手伝ってんの」
「わ、私が資料床にばらまいちゃったから……拾ってくれた」
　うまく言葉が出てこない。
　尚仁くんは私が中沢くんのことを好きだって知ってるか

ら、余計にはずかしい。
「よかったな。大好きな中沢クンと話せて」
「う、うん……」
「ドキドキした？　もっと好きになった？」
「…………」
　いじわる……。
　どうしていちいちそんなこと聞いてくるの？
「むかつく」
「えっ？」
「言っとくけど、遥はお前のことなんてなんとも思ってないからな」
「……わかってるよ、そんなこと」
「お前なんか、たいして可愛くもないし俺がいないとなんにもできないばかだし……」
「わかってるもん……！」
　中沢くんが私なんか眼中にないってわかってるけど……好きなんだもん。
　好きでいるくらい、いいよね……？
「尚仁くん、私ってやっぱり魅力ない……？」
「…………」
　聞くと、尚仁くんがふと黙った。
　私の目をじっと見つめてきたかと思うと、ゆっくりと視線を逸らす。
　何も言わない。
「やっぱり、ないよね」

「……そんなことはない、けど」
「…………」
「……それより、残念だったな。もう少しで遥の好きなやつわかりそうだったのに」
　無理やり話を逸らされた。
　意地悪いカオでそう言われると、反応に困ってしまう。
　中沢くんとふたりでずっとしゃべっていたいと思ったのは否定できない。
　だけど、中沢くんの好きな人はやっぱり知りたくなかった。
　気になるけど、知るにはまだ心の準備が不十分で。
　だから……。
「……尚仁くんが来てくれてよかった」
「は？」
「聞かなくてよかった。中沢くんの好きな人」
「……ばかじゃねぇの」
「ばかじゃないし」
「聞いて、そのままフラれればよかったのにな」
「……っ」
　さっきから尚仁くんの言葉が、地味に胸に突き刺さる。
　フラれることなかわかってるけど、尚仁くんにはっきり告げられると悲しくなる。
　不覚にも涙が出そうになった。
「……そんな顔すんな」
　そうやって優しく頭をなでてくる尚仁くん。

……絶対子ども扱いされてる。
　でも、あったかい。
「フラれたら俺がなぐさめてやるから」
　さっきとは違う柔らかい声に、不思議と胸があったかくなっていく。
　だけどそれと同時に、心のどこかで、ざわっという音が聞こえた気がした。
　今の、何……？
「し、尚仁くん、私っ、もう帰るね!!」
　よくわからない感覚に戸惑って、私はとっさに尚仁くんから離れた。
「ひとりで帰んの？」
「うん。彩音はもう塾に行っちゃったから」
「へえ……。気をつけろよ。俺はもう一緒に帰ってやれないから」
　なぜか胸がぎゅーって締めつけられたみたいになる。
　心配してくれて嬉しいのに、どこか悲しい。
　なんだろう、これ……。
　たしか、一昨日熱を出したときにも同じような感覚に陥った……気がする。
　あれ、でもあれは熱のせいだよね？
「尚仁くん……」
「ん？」
「なんか、胸が痛いんだけど……」
「何それ、病気？」

「……だったらどうしよう」
「胸の成長痛」
「えっ?」
「……だったらいいのにな」
「尚仁くん、嫌い」
「言われたくなかったら、もっとでかくなれば?」
「…………」
　いつもと変わらないふざけた話をしてるだけなのに、なんか……。
「……だから、尚仁くん変!!!!」
「はぁ?　意味わかんねーし」
　……このうるさいくらいのどきどきは、たぶん、一時的なもので、こんなの、すぐに収まるはず……。

息苦しさ 【尚仁side】

　落ち着かない。
　放課後に教室でふたりきりで向かい合って。
　距離も近くて。
　遥が璃子の頭なでてるし、璃子も平気で触らせてるし。
　……むかつく。
　しかも……。
　俺は気づいてしまった。
　遥が、愛おしそうに璃子を見つめていることに。
　聞かなくてもわかる。
　遥が好きなのは、璃子だったんだ……。

　部活が終わり、真っ暗な通学路を走って帰った。
　イライラなのか、なんなのかもうわからない。
　頭の中がめちゃくちゃで、自分でも何を考えてるのかよくわからなくなっていた。
　璃子と遥の顔が、何度も頭をよぎる。
　自然と息が荒ぶり、乱れる。
　それでも足は止めなかった。
　なんでこんなに落ち着かないんだ？
　何を……焦ってんだろう、俺。
　璃子と遥は両想い。
　だから、何？

なんだって言うんだ……。
だから……。
璃子なんか、フラれればよかったのに。

　ガチャリ、と重いドアを開ける。
　俺はそのまま玄関に倒れこんだ。
　台所の方から、パタパタとあわただしい足音が聞こえてくる。
「尚仁、帰ったらただいまくらい言いなさいよー」
「うっさいな、母親かよ」
「何こんなところに寝っ転がってんのよ。汚いでしょ」
　姉ちゃんが、俺の腕を引っぱって無理やり立たせようとする。
　俺はその手を振り払い、自分で立ちあがる。
「……あんた、今日はえらく機嫌悪いね。どしたの？」
「べつに」
「顔が怖いって。まじでどうしたの」
「…………」
　普通に会話しようと思うのに、どうしてか吐き捨てるような言い方になってしまう。
「何があったか、お夕飯の時間かせてよ」
「だから、何もないって……」
　姉ちゃんの手を思いっきり振り払ってしまった。
　あ、俺のばか……。
「ごめん、やつあたり」

急に申し訳なくなって素直に謝る。
「あたしこそごめんね。変に探ったりして」
「いいって」
　俺は姉ちゃんに弱い。
　姉ちゃんはキレるとまじで怖いのに、反面、繊細で傷つきやすいから困る。
「でも、よっぽどのことがあったんだね」
「…………」
「あ、言わなくていいから、先にお風呂入っといで？　アップルパイも焼いてあるから」
　姉ちゃんの優しい声に、俺はやっと気分が落ちついた気がした。

　──次の日。
　学校の校門前で、日菜と会った。
「尚仁おはよ～！　昨日は一緒に帰れなくてさみしかったなぁ」
「ごめんって。たまには部活出ないと体力落ちるし……」
「そっかぁ。じゃ、今日は一緒に帰れる？」
「あぁ──」
　いいよ、と言いかけて、やめた。
「……悪い、今日も部活に出る」
　遠慮がちに答えると、日菜はそっか、と下を向いてつぶやいた。
「ごめん……」

「ううん！　ぜんぜん大丈夫だから!!」
　明るく笑う日菜に、本当に申し訳ない気分になる。
　やっぱり、部活には出ないといけない。
　日菜と付き合ってからは、少しさぼりすぎてたから……なんて。
　自分の頭の中で、言い訳を並べてみる。
　でも、本当は、部活に出るなんて口実だ。
　だって、"今日は、一緒に帰る気分じゃない"なんて言ったら、また不安にさせてしまう。
「あっ、あれ璃子ちゃんと中沢くんじゃない？」
　日菜の声に、反射的に顔をあげる。
　璃子と、遥——？
　日菜が指さす方向には、楽しそうに並んで歩いてくるふたりがいて。
　——あいつら。
　あっちが俺に気づく前に、早く目を逸らしたかった。
　でもそんな意思とは裏腹に、視界はふたりをはっきり捉えたまま、動かない。
　妙に冷静な頭のどこかで、"隣には日菜がいる"。
　その意識が働いていた。
「昨日、わかったんだけどさ、あいつら両想いなんだよ」
　笑顔をつくって日菜に話しかける。
「えっ、そうだったんだ！　お似合いだね！」
「だよなぁ……」
「付き合ってるの？」

「いや、まだ……だと思う。まあ、時間の問題だろうけど」
「璃子ちゃんに彼氏できたら、尚仁もさみしいでしょ」
「……べつに、璃子なんか、どうでもいいし」
「ダメだよ〜。幼なじみなんだから、そんなこと言ったら
璃子ちゃん悲しむよ〜？」
「知らねぇよ」
「尚仁冷たいなあ」
「あんまり、璃子の話すんな」
「……なんで？」
　首をかしげて聞いてくる日菜。
　言葉に詰まる。
「なんだっていいだろ」
　なんでって、むかつくからだよ。
　璃子のこと思い出すと、むかつく。
　俺って、璃子のこと嫌いなのかな……。

「尚仁、起きろー」
　声が聞こえたと思った瞬間、何かで頭を叩かれた。
　いってーな。
　姿勢を起こすと、日本史の教科書が目の前にあった。
　こいつ、角で叩きやがった。
「物騒なもの持ちやがって」
「教科書のどこが物騒なんだよ」
　岬がおもしろそうに笑う。
「お前、授業中ずっと寝てただろ」

「最近寝不足なんだよ」
「今日、部活出ねぇの？」
「出るけど」
「もう6時過ぎてっけど？」
「……やば」
　部活が始まって1時間以上たってる。
　いまさら行くのもな……。
　どうせ外周走るだけだし、いっか……。
「……帰る」
「じゃ、優しい岬くんが一緒に帰ってやるよ」
「どーも」
　ふと教室を見渡すと、遥のカバンが目に入った。
　あいつ、まだ学校に残ってんのか……。
「なあ、今遥どこいるかわかる？」
　無意識に岬に聞いていた。
「遥？　さあ……帰ったんじゃね？」
「遥のカバン、あるんだけど」
「委員会じゃねえの？　この前も委員会で集まってんの見たし」
「へえ……」
「お前最近遥のこと気にしすぎじゃね？　そんなに気になる？」
「いや、ぜんぜん」
　ちらりと、今朝の光景がよみがえる。
　楽しそうに笑い合う、ふたり。

「……悪い、やっぱ先帰っといて」
「は、なんで」
「用事思い出した」
「はあ!?」
　ばかげてる。
　璃子と遥が今、一緒にいるんじゃないかって……。
　なんとなく考えて。
　なんとなくだけど、ほんとにそんな気がして。
　それならそれでいいはずなのに、焦りを感じた。
　近いはずの璃子の教室が、やけに遠く感じられる。
　やっと教室の手前まで来て、俺は足を止めた。
　電気は消えているのに、中で、人の動く気配がした。
　ドクッ……。
　心臓が静かに音を立てる。
　俺はべつにカンがいいわけじゃなくて、むしろ、いい予感も、悪い予感も、当たったことなんて、なくて……。
　でも、どうしてか、今日に限ってはずれてなかったみたいだ。
　オレンジの夕日に包まれた逆光の中、ふたり向かい合っていて。
　暗くてよく見えないはずだけど、すぐ璃子だってわかった。
　璃子と、遥……。
　自分の心臓の音だけがやけにはっきり聞こえる。
　うるさい。

一瞬、眩暈のような感覚に襲われて視界がちらついた。
　足を引いて、踵を返そうとした瞬間、
　ふたりの唇が重なった気が、した──。
　……あーあ。なんだよ。
　そっか、両想いだもんな……。
　力が抜けていく。
　このまま、また一緒に帰んのかな。
　俺が日菜としてるみたいに。
　抱き合って。キスして──。
　優しい遥と付き合ったら……璃子はきっと俺を求めない。
　俺はもういらなくなる？
　……そんなの、無理。
　幼なじみ。こんなにもろいものだとは思わなかった。
　俺の中で、何かが崩れる音がした。
　……そんなことより、いいかげん早くここ立ち去らないと……。
　気づかれる前に。
　今度こそ、俺はやっとふたりに背を向けた。
　そしてゆっくりと歩きだす。
　一度静かに息を吐いたあと、
「菊池くん」
　落ち着いた声で、誰かが俺の名前を呼んだ。
　不意に呼び止められて焦った。
　けど、相手の顔を見て安堵する。

「なんだ、工藤か」
「なんだ、ってなんか失礼だね菊池くん。それよりさ、璃子知らない？」
「……さぁ？ 見てないけど」
　俺はとっさに嘘をついた。
　すると、工藤はなぜか意味深に笑った。
「へえ、そうなんだ」
「…………」
「それよりさ、菊池くんと話がしたいんだけど、今から大丈夫？」
「……いいよ」
「よかったあ！ じゃ、駅前のファミレス付き合ってくれる？」
「わかった」
　正直そんな気分じゃなかったけど、とりあえず付き合うことにした。
　工藤は璃子と仲がいいから、いろいろ聞きだせるかもしれない。
　そんな、よこしまな考えで。

「単刀直入に言うね……」
　注文が済んだあと、工藤は水が入ったコップを置いて、静かに切りだした。
「最近、ちょっと気になってたんだよね、あたし」
　工藤は、まっすぐに俺を見つめてくる。

「……なんだよ、言えよ」
「……菊池くんさ、璃子が好きでしょ」
　——は？
　今、なんて言った？
　俺が、璃子を好き……？
　好きかって、そりゃ、大事な幼なじみだし好きだけど。
　工藤が今、そんな意味で言ってるんじゃないことを、頭ではわかっているけれど。
「……まあたしかに、璃子をからかうのもおもしろいし、飽きないし、最高の幼なじみだよ」
　俺は、軽く笑いながら返答する。
「ごまかさないでよ、まったく」
「何が言いたいんだよ。璃子はただの幼なじみだって」
「じゃあ、菊池くんは……」
「何」
「たとえば、璃子が中沢くんと付き合ってもいいんだよね……？」
「……いいもなにも、そんなの俺には関係ない」
　どうしてか、工藤の目をまっすぐ見れない。
　言葉に詰まって沈黙が続く。
　少しして、ウエイトレスが注文したパフェを運んできた。
　工藤はさっそくひと口目を口に運びながら、ちらりと俺を見た。
「そんなににらまないでよ。べつに菊池くんが璃子のことなんとも思ってないなら、それでいいんだよ」

「…………」
「あたしは璃子と中沢くんのこと応援してるけど、もし菊池くんが璃子を好きなら、ふたりのことも応援したいなって思っただけ」
　その言葉に、少なからず動揺した。
　どう返していいかわからない。
　ただ、妙に落ち着かない。
「璃子は、どうせ遥が好きなんだし」
　わかりきっていることが口から滑り落ちる。
「そうだよ。中学の時からね」
「遥も、璃子が……」
「…………え？」
「遥も、璃子のこと好きなんだよ」
　自分の声を、どこか遠くで聞いている感覚だった。
「それ、ほんと？？」
　工藤が目を丸くして見つめてくる。
「ほんとほんと。だから、はやく付き合えばいい」
　よほど驚いたのか、工藤は持っていたスプーンを落とした。
「それじゃ、ふたり、両想い？」
「そーゆーこと」
　もう、本格的に工藤の目が見れない。
　落ち着かない。
　胸のあたりが、ざわざわとうるさい。
　たぶん、イライラしている。

本当にわけがわからない。
自分の考えてることがめちゃくちゃすぎる。
璃子は友達で、幼なじみ。
べつに誰と付き合おうと、関係ない。
知ったことじゃない。
さっさと、遥と付き合えば？
いい加減、俺の前で遥の話されるとむかつくんだよ。
遥の前だけいい笑顔で笑いやがって。
俺にはあんな表情見せないくせに。
ほんとむかつく。
最悪。
俺がいないとだめなくせに。
遥なんか、璃子のこと何も知らないだろ。
俺の方がずっと、璃子のこと知ってる……のに。
いちいちじれったい。
初めから両想いならとっとと付き合えばよかったんだ。
遅ぇんだよ今さら。
早く付き合えばいい。
きっとうまくいく。
遥は優しいから。
何より、両想いだから。
きっとうまくいく。
だから……。
だけど……。
うまくいってほしくない。

矛盾したふたつの気持ち。
　工藤のすべて見透かしてるような瞳に動揺する。
　璃子が遥と帰ってた日から、自分がおかしいのは気づいてた。
　でも、わからなかった。
　わけがわからないまま、璃子に振りまわされてた。
　もう、自分ではどうしようもないほど……。
　これが恋だっていうなら、認めてもいい。
　だから……璃子、あいつのものになんか、ならないで。
　頼むから、俺から離れていかないで。
　お前が俺のそばからいなくなるなんて、どうかなりそうだ……。
　あぁ。ばかだな。
　なんで、璃子なんだよ……。
　ほんとに、ばかなんじゃないの？
「──菊池くん」
「……何」
「やっぱり、もう1個だけ聞きたい」
「何」
　……頼むから、もう何も言わないでほしい。
　何も聞かないでほしい。
　認めてしまう。
　認めてしまったら、俺は……。
「なんで、璃子にキスしたの？」
「……最悪」

「はぁ？　真面目に聞いてるんですけど」
「もう、工藤、お前ほんと最悪ー」
　俺は笑いながら、やっと、甘ったるいバニラアイスを口にした。
「悪かったな、変に期待させて。キスは出来心だよ。あいつ、からかうとおもしろいから」
「…………」
「けど、俺が好きなのは日菜だし、璃子のこと好きになるとかないから」
「……そっか、わかったよ」
　工藤が小さく微笑みながらうなずいた。
「じゃ、そーゆーことで、璃子にお幸せにって言っといて」
　笑顔を崩さないままそう言って、俺は心の中で大きくため息をついた。
　それからは、食べ終わるまでお互い何も言わなかった。
　こうやって、終わるはずだったんだ。
　あとは全部、俺の中で気持ちを消してしまえば済んだ話だった。
　全部、工藤が悪い。
　どうやら工藤は、最初からわかっていたらしい。
　ファミレスに俺を付き合わせたのは俺に璃子が好きか聞きたいわけじゃなかったんだ。
　そんなこと、工藤はとっくに知っていた。
　俺はどうにかしてた。
　工藤に流された。

最悪だ。

　ファミレスを出たあとだった。
　お互い家が逆方向なので、そこで別れようとした。
「……菊池くん待って」
　最後に、工藤が俺を呼び止めた。
「しつこくて、ごめんね」
　何を言いだすかと思って、身構える。
「最後に、本当に1回だけ」
「…………」
「菊池くん、璃子と中沢くんが付き合って、本当にいいんだね？」
　ほんと、勘弁してよ。
　俺は大げさにため息をついてみせる。
「さっきも言ったけど、俺、日菜がいるから」
「うん、知ってる」
「だからさ、もう俺と璃子のこと疑うのなしね」
「…………」
「けど、璃子は、ちゃんと大事だから……」
「だから？」
「…………」
「菊池くんは璃子をどうしたいの？」
　何、その質問。
　だめでしょ。
「……あー、工藤うるせー」

「わかってる」
「……ったく、これ以上どうしろっての？」
　小さくつぶやいたつもりなのに、工藤には聞こえていたらしい。
　俺を見あげてきた工藤と目が合って、その瞬間、閉じこめていたものが、いっきにあふれだした。
「今さら気づいても、もう、どうしようもないだろ。好きな人がいるやつを好きになったら。おまけに、幼なじみ。どう考えても最悪」
「…………」
「……工藤。俺、どうすればいい？」
　工藤は、黙って俺を見つめていた。
　そして、ふと俺から視線を逸らす。
　下を向いて少し、笑った。
「菊池くんはたぶん、ずっと璃子のことが好きだったんだよ。ずっと一緒にいすぎて、自分の気持ちになかなか気づけなかっただけでさ」
「うん……たしかに。たしかに、そうかもね」
　工藤の落ち着いた声に、俺も冷静になっていく。
　璃子は渡せない。
　遥のことが好きでも……両想いだとしても。
　好きだよ。
　お前のことが好きだよ。
　無理やりにでも奪って、遥のとこに行かないようにつなぎとめておきたい。

いやというほどぐずぐずに甘やかして、俺のことしか見えないようにしてやりたい。
　……なんて。ゆがんでるな、俺。
　まあ、そんなことは……璃子が傷ついて泣くようなことは、絶対しないけど。
　ふっ、と自嘲気味に笑う。
　ごめんな。
　俺……璃子だけは永遠に手放せそうにないみたいだ。
「中沢くんに渡すつもりがないんなら、急がないと取られちゃうよ、本当に」
「…………工藤」
「何？」
「協力、して」
　目が合った。
　工藤が、柔らかく微笑む。
「はじめから、そのつもり」

けじめ 【尚仁side】

【急にごめん。話がある。今から会える？】
　工藤と別れてから日菜に送ったメッセージ。
　既読はすぐについたけど、返事がきたのはかなり時間がたってからだった。
【7時に駅の噴水(ふんすい)のところで】
　家には帰らずに直行すると、20分前にそこに着いた。
　噴水の前のベンチに腰(こし)をおろす。
　空気が冷えはじめたからか、周りにはひと気がなかった。
　吐きだした息が白く染まる。
　何も、こんなに寒くなくたっていいのに……。

「ごめん、尚仁……待った……？」
　約束より5分ほど遅れて来た日菜の声は震えていた。
　俺から5メートルほど離れたところに立っていて、そこから動こうとしない。
　俺が近づくと、日菜は1歩退いた。
　暗くて少し距離があるせいでよく見えないけど、日菜はたぶん、泣いている。
　ズキンと胸が痛んだ。
　とたんに俺は何も言えなくなる。
「……尚仁、あたし……」
「…………」

「あたし、今からフラれちゃうんでしょ……？」
「…………」
　ばかだな、そんな話じゃないよ。
　思わずそう言ってしまいそうになる衝動ををあわてて抑えこむ。
　傷つけたくない。
　そんな思いが邪魔をして思いとどまりそうになる。
　目の前で不安がって泣く日菜に、優しく笑って、抱きしめて……俺がそんなこと言うわけないだろって言えたら、どんなに楽だろう。
　今から俺が言おうとしている言葉は、必ず日菜を傷つける。
　だけど、今ならまだ間に合う。
　ただ会いたくなっただけだよ。
　今、そんな風にごまかしてしまえば、傷つけなくてすむのに……。
「日菜」
「…………」
　俺って、つくづく弱いよな。
　あれだけ璃子のこと好きなくせして、日菜を傷つけるのは怖い。
　結局はいつも自分が楽な方の考えに甘えようとしてる。
　自分に心底あきれる。
　俺だって少しくらい傷つかないと、だめだろ。
　じゃないと、前に進めない。

……でも本当に、日菜のことは傷つけたくないんだ。
　心からそう思うくらいに、俺は……。
「お前のこと、好きだったよ」
「…………」
「日菜と付き合えて、よかった」
「……今日は嘘つかないんだね」
「……えっ？」
「あたし、尚仁が嘘ついてる時はわかるんだ」
　涙をぬぐって、日菜がゆっくりと近づいてくる。
　俺に目を合わせて、微笑んだ。
「ありがとう。あたしも尚仁と付き合えて幸せだったよ」
「日菜……」
「璃子ちゃんと、お幸せに」
「…………」
　驚きと戸惑いで何も言えない。
　そんな俺を見て、日菜はまた笑った。
「知ってたよ、ずっと。尚仁が自分の気持ちに気づく前からずっと知ってた。知ってて付き合ってた」
「…………」
「尚仁が璃子ちゃんへの気持ちをずっと自覚しなかったらいいのにって思ってた。でも、いつかは気づくってわかってたから……」
　一度言葉を切って、日菜が再び涙をぬぐう。
「尚仁に振られる覚悟は、とっくにできてたんだよ」
「…………」

「だから、そんなつらそうなカオしないで……？」
　噴水の音がやんだ。
　遠くから電車の音が近づいてくる。
「日菜、ありがとう。ほんとに……ありがとう」
「うん」
「ごめん」
「うん」
「それと……」
　──お前のこと、けっこう本気で好きだったよ。
　その言葉は、電車の摩擦音にかき消された。
　日菜に聞こえたかどうかはわからない。
　でも。
　──知ってるよ。
　日菜の唇がそう動いた気がした。

本当は

　中沢くんに、キス、されるかと思った。
　中沢くんが出ていったあとも、私はわけがわからないまま、教室にひとり、座っていた。
　どうしよう、もう暗いし、早く帰らないと……。
　でも、ひとりで、帰りたくないなぁ……。
　尚仁くんは、絶対もう帰ってるよね。
　尚仁くん……。
　ギュッと、胸が締めつけられる。
　さっきこの教室で中沢くんに、「好きだよ」って言われた。

「俺、宮原のことが好きだよ」
　夕日でオレンジ色に染まる、中沢くんの髪。
「え………？　えっと、あの……」
　夕日がまぶしくて、まぶしくて。
　頭がまわらなくて。
「俺と、付き合ってくれませんか？」
「中沢くん…………」
　言葉が出ない。
　いっそのことその場に倒れてしまいたかった。
「私、私……中沢くんのことずっと好きで…………」
　何を、言いはじめるんだろう、私は。
　何を…………言おうとしているの？

自分でも、自分のことなのに、自分の口から出てくる言葉に戸惑ってた。
「今も……好きだよ中沢くんのこと」
「宮原……」
「好き、なの。でも……」
「……でも？」
「付き合うとかは……できない」
「…………」
　ほんとに、何言ってるんだろう。
　夢みたいじゃん。
　3年間、ずっと片想いしていた中沢くんが、私のこと好きになってくれて。
　ずっと夢だったじゃん。
　中沢くんと付き合うこと。
　嬉しい。
　私なんかのこと好きになってくれて。
　どうして言えないんだろう。
　私も好きだよ。
　嬉しい。
　喜んで。
　これから、よろしくお願いします。
　……って。
「宮原、泣いてるの……？」
　なんで……言えないの……？
　ごめんなさい。

尚仁くんがこの前みたいに、今、私たちのことをどこかで見てるんじゃないかって…………。
　そんなわけないのに。
　胸が痛いの。
　どうして？
　一緒にいるのは中沢くんなのに。
　尚仁くんのこと考えてるの……？
「どうして……泣いてんの？」
　中沢くんの指が、顔に触れる。
　ゆっくりと、涙をぬぐってくれて。
「理由、聞いてもいい？」
　私は、黙ったまま何も言えない。
「じゃあ、当ててあげよっか？」
　えっ……。
「待って。自分でも、整理がついてないの。中沢くんのこと好きなのに、どうして、自分がこんなこと言ってるのかも……」
　どうしよう。
　こんな変なことばっかり言って。
　中沢くん、困っちゃうじゃん。
「わかった。言わないし、聞かないよ」
　軽く息を吐いたあとで、中沢くんが笑った。
　優しさに、また目の奥が熱くなる。
「ありがとう……ごめんね」
「……よく、泣くね宮原は」

「……っごめん」
「なんで謝んの。つらいのは宮原でしょ」
　つらい…………？
　そっか、私つらいんだ……。
　どうしてだか、苦しい……。
「自分のことがわかんなくて泣いてるんだったら、俺が、わからせてあげよっか？」
　静かで優しい声に、私はゆっくりと顔をあげた。
「どう、やって……？」
「やっぱり、俺と付き合ってみない？」
「えっ……!?」
　ちょっと待って。
　さっきから、ただでさえ思考回路がぐちゃぐちゃなのに、何を言いだすの？
「正式にじゃなくていいから、1週間付き合ってよ」
「1週間……？」
「1週間あれば、宮原も自分の気持ちわかるだろうし、整理もつくだろ？」
「……わかった。ありがとう、よろしくお願いします？」
　これでいいのか……わかんないけど、中沢くんの言うとおり、1週間あれば私も、ちゃんと………。
「ありがとうとか言わなくていーよ。むしろごめんね。半分口実なんだ。宮原のこと本気だから、俺だって簡単に引きさがれないんだよ」
　うわ……待って無理、ドキドキする。

「まー、1週間彼氏気取らせて？」
「………っ」
　やっぱり私、中沢くんのこと相当好きだよね？
　こんなにドキドキするもん。
　だから、どこか胸の奥がズキズキ痛むのは、気のせいだよ…………。
「1週間後に、ちゃんと返事聞かせてよ」
「うん」
「今日は驚かせてごめん。でも、言えてよかった」
「私も……嬉しかった」
　数秒間、目が合った。
　中沢くんの瞳に、吸いこまれそうで。
　私の目にまだ少しだけ残っていた涙を、中沢くんがぬぐう。
「……宮原」
　不意に名前を呼ばれる。
　あ、この感じ…………知ってる。
　あの時と、同じだ。
『うそつき』
　あの時の、尚仁くんの声。
　すると、中沢くんの匂いが私を包んで、私はどうすることもできずに、ギュッと、目を閉じた。
　触れそうで、触れなかった唇。
「ごめんね」
　中沢くんの身体が離れる。

「なんか、やっぱ俺、焦ってるみたいで」
　身体が熱い。
　熱い。
「もう、宮原の気持ち、ちゃんと聞くまで何もしないから安心して」
「……うん」
「そんなに赤くなられると困るんだけど。可愛い」
「……かわ……っ!?」
「明日から、１週間一緒に帰ろうよ。教室まで迎えにいく」
「うん、待ってる」
　私、顔真っ赤だ。
「今日は宮原混乱してるっぽいから俺は帰るけど、宮原も気をつけて」
「うん、また明日ね」
　オレンジ色の中に消えていく背中を、私は見つめる。
　扉が閉まったあと、中沢くんが何かつぶやいた。
　小さかった。
　でも、たしかに聞こえた。
「…………ずるくて、ごめんね」

　本当に、現実なのかな。
　中沢くんに告白されて、付き合うことを一度拒んだ自分。
　尚仁くんのことを思い出したこと。
　泣いてしまったこと。
　中沢くんと、１週間付き合うことになった、こと。

いきなりすぎて実感がわかない。

そうだ、彩音に報告しないと……。

すっかり暗くなった夜道をひとり帰りながら、ケータイを取り出す。

電話をすると自分も混乱しそうだからメッセージアプリを開いた。

【中沢くんと１週間付き合うことに】

そこまで打った時だった。

突然ケータイが、音を鳴らす。

うわっ、電話!?

いったい誰……。

画面に映る名前を見たとたん、ドキリとする。

…………尚仁くん。

「……もしもし？」

突然、どうしたんだろう。

『あの、俺……日菜に──』

「あの……っ、尚仁くん！」

『……何？』

うわ、しまった。

思わずさえぎってしまった。

日菜ちゃんがどうしたんだろう。

わざわざかけてくるってことは……。

大事な話なのかな。

よくわかんないけど、聞くのが怖い。

そういえば、尚仁くんが電話かけてくる時って、いつも

日菜ちゃんのことだ……。
　また、胸の奥がズキリと痛む。
　あれ？
『……何、どうしたの』
　うわわっ、何か言わなくちゃ!!
「あのね、私、中沢くんと、付き合うことになったよ!!!」
　うわっ、言っちゃった…………。
『…………』
　でも、あれ？
　尚仁くんは黙ったまま。
「…………尚仁くん？」
『……おめでと』
　抑揚のない声だった。
　今、何を思ってるんだろう。
　声からは感情が読み取れないから、不安になる。
「うん……ありがと」
『よかったじゃん。叶って』
「…………うん」
　よかったじゃん、か。
　そっか。
　急に気分が沈んでいく感じがした。
　なんでだろう。
『……悪い、もう切る』
「えっ？　何か話があったんじゃないの？」
『やっぱり、なんでもない』

「なんで？　知りたいよ。日菜ちゃんがどうかしたの？」
『もう、いいんだよ。それに、璃子にはやっぱり関係ない』
　　関係ない……。
　　言われたとたん、ズキッて胸が痛んだ。
「教えてくれても、いいじゃん……幼なじみ、なんだし」
　　だめだ、尚仁くんと話してると泣きそうになる。
『璃子にとって俺って、どんな存在？』
　　ふと、静かな声。
　　私は歩くのをやめて、立ち止まる。
「尚仁くんは、大事な幼なじみだよ」
『…………』
　　ねえ、なんか言ってよ。
　　どうしたの？
　　なんで急にこんなこと聞くの？
『もし、俺が』
「うん？」
『お前のこと、好きって言っても？』
　　……えっ？
　　ちょっと待って、それってどういう……。
「しょうじんく……」
　　──ツー、ツー、ツー……。
　　電話が切れた音。
　　私は耳にケータイを押し当てたまま、動けない。
　　ねえ、今の言葉、どういう意味……？
　　好きって、私のこと？

いつもの冗談だよね？
　そうそう、たとえ話でからかったんだよね？
　もしって、言ってたし。
『もし、俺がお前のこと好きって言っても？』
　好きって言っても？
　その先に続く言葉は何？
　大事な幼なじみだよ。
　尚仁くんは私のこと、もうそんな風に思ってない？
　さっきの電話は、日菜ちゃんのために、幼なじみで仲いい関係をやめようってこと……。
　だったりして。
　また、眼の奥が熱くなる。
　じわっと、涙があふれてきて、暗くて、誰も見てないってわかってるから、ぜんぜん止まらない。
　私、今日は泣いてばっかりだ。
　こんなに、弱かったっけ？
　尚仁くん、私は、こんな私知らないよ。
『俺がお前のこと、好きって言っても？』
　知らないよ。
　私、尚仁くんのこと好き。
　大好き。
　小さい頃から、ずっと。
　大好きな幼なじみ。
　それは、ずっと変わらないって思ってた。
　これからも、信じていいの？

『幼なじみ』という名のカンケイ。
　ずっと一緒で、仲よしでいられるカンケイ。
　あったかいイメージだった。
　だけど、今はこんなにも儚く、私の胸に響く……。

　家に着いて、彩音に電話をかけようとしたけど、やめた。
　まだ混乱してる。
　今日は寝ることにする。
　一晩寝たら落ち着いているかもしれないし。
　眠れないかもという不安はあったけど、ベッドに入ったら急に眠気が襲ってきた。
　けっこう、疲れていたのかもしれない。
　まだ、胸が痛い……気がする。
　眠りにつく前に、尚仁くんの声が聞こえた気がした。

　そして、あっという間にやってきた月曜日。
　少し、寝坊した。
　学校に着いたのは、遅刻ギリギリ。
　教室に入るなり、
「璃子ー、遅いっ！」
　何やら無駄にテンションの高い彩音。
「もう、来ないかと思った」
「ちょっと寝坊したんだよね」
「そんなことより！　びっくりだね！　別れたなんてさ！」
「…………？」

突然の言葉に戸惑う。
　別れた……？
　うちのクラスのカップル？
　いや、彩音のことだし、また違うクラスの噂拾ってきたんだろうけど。
「別れたって……誰が？」
「えっ？　まさか……聞いてないの？　菊池くんから」
「尚仁くん……？」
「日菜と別れたって話だよ!!!」
「…………」
「璃子、まさか今知った!?」
　──え？
「尚仁くん……別れ……たの……？」
　私は言葉を失う。
　別れたって、そんな……。
　尚仁くん、あんなに日菜ちゃんのこと大事にしてたのに。
　私が……私のせいだ……。
　尚仁くんに彼女がいるの、知ってた。
　時々尚仁くんと一緒に登下校して、彼女が……、日菜ちゃんが、いやな思いしてないかな？　って少なからず考えてた。
　私が尚仁くんの彼女だったら、他の女の子と帰ってたりしたら、きっといやだもん。
　本当は、尚仁くんに彼女がいるってわかった時点で、私が一緒に登下校するのやめようって言ったのに。

『幼なじみって言ってるから大丈夫』
　そんな尚仁くんの言葉に甘えて。
　本当は……本当は私、尚仁くんに、『一緒に学校行ったりするのやめる』って言われたとき、ショックだったんだ。
　今までみたいに、一緒にいれなくなるのが、さみしかったの。
　…………ごめんね。
　ごめんなさい。
　私、なんて自分勝手なんだろう……。
　最後まで尚仁くんも、日菜ちゃんも傷つけて……。
　──だめだったんだ。
『ただの幼なじみ』が、いつまでも尚仁くんのそばにいちゃ、だめだったんだ……。
　ねえ、尚仁くん。
　私、尚仁くんの『幼なじみ』でいるの、
　苦しいよ……。

第3章

放課後の話

　気がつけば放課後だった。
　中沢くんと、一緒に帰る約束。
　たぶん、もうすぐ中沢くんが迎えにきてくれる頃だ。
　結局、彩音に中沢くんと１週間付き合うって言えてないんだけど……。
　なんか言えないんだよ……。
　こんなに自己嫌悪(けんお)に陥ったの初めてだし。
「璃子」
　荷物を整理していると、10分ほど前に何も言わず教室を出ていった彩音が戻ってきた。
「彩音、どこ行ってたの？」
「……璃子、中沢くんと付き合うの？」
　唐突で、思いがけない言葉。
「……彩音、どうして………」
「ちょっと、菊池くんと話してきたんだ」
　なぜだか心臓が早く脈を打ちはじめる。
　待って。
　尚仁くんと、何を話したの……？
　きっと日菜ちゃんと別れたことに関して、だよね。
　尚仁くん私のこと、何か言ってた？
　って聞きたい……けど、なかなか口から出てこない。
　知るのが怖い。

「ちょっと事情があって、あたしは今あんまり口出せないんだけど、ひとつだけ言っとくね」
「……うん」
　やだ、待ってよ、
　状況がまだ理解できてないよ。
「璃子は自分のせいだって思ってるでしょ、菊池くんと日菜が別れたこと」
　彩音が真っ直ぐに私を見つめてくる。
　心が、見透かされそう。
「……そうだよ、だって私が……」
「璃子のせいじゃないよって」
「……えっ？」
「菊池くんが、言ってたよ」
「…………」
「初めてだってさ。自分から別ようって言ったのは」
　尚仁くんが、日菜ちゃんに別れようって言ったの……？
「どうして……」
　尚仁くんは日菜ちゃんが大好きだった、のに。
「理由は、本人から聞かなくちゃ」
「でも……そんなこと……」
「菊池くんが、璃子に話があるみたい。このあと、非常階段で待ってるって」
　非常階段って……この前、尚仁くんとキス……した場所だ……。
「でも私、今日中沢くんと帰る約束してて……迎えにくるっ

て、昨日……」
「中沢くんが来たらあたしが事情を話しとくからさ。だから、早く菊池くんのとこ行ってあげな？」
「……うん、ありがとう彩音」
　私のことを後押ししてくれる彩音。
　いつも彩音が背中を押してくれるおかげで、勇気が出る。
　尚仁くんの話ってなんだろう？
　怖いよ。
　聞くのが怖い。
　でも、知りたい。
　ちゃんと話したい。
　尚仁くんのこと、全部話してほしい。
　幼なじみだもん。
　大好きだもん。
　それに……。
　本当はそれ以上に、今、尚仁くんに会いたいよ……。

　尚仁くんは非常階段の壁に寄りかかって、私を待っていた。
　ここは、窓もなくて暗いから表情はよくわからない。
　思いきって尚仁くんに近づく。
　だけど、どう考えても尚仁くんの視界の範囲内に入っているはずなのに、尚仁くんは私を見ない。
　ポケットに右手を突っこんで壁にもたれながら、どこか遠くを見ているような瞳。

私はもう1歩だけ、近づく。
「……尚仁くん」
　私の声は震えていた。
　尚仁くんは、なお、私を見ない。
　なんで……無視するの？
　尚仁くんが私を呼んだんじゃないの？
　話って何？
　私のこと、怒ってるの……かな。
　尚仁くん……私のこと嫌いに、なった……？
　いやだよ。無視しないで。
　こっち、見てよ……。
「しょう……じん……くん」
　たまらなくなって、尚仁くんの左の手を、ぎゅって握った。
　尚仁くんの力の入ってない指先は、少しも熱を持ってない。
　冷たい。
　冷たいよ。
　指先も、視線も、空気も、全部。
「尚仁くん、ごめんね」
「…………」
「……ごめんね……っ」
　冷たい手をもう一度強く握ると、尚仁くんの目が
　やっと私を捉えた。
「…………なんで、謝んの」

「……私のせいで……日菜ちゃんと……」
「……それはたしかに──」
　尚仁くんはいったん口をつぐんだ。
　そして、大きく息を吐きだす。
「たしかにお前のせいだけど、お前のせいじゃないよ」
「……え……？」
「だから、謝んなくていい」
　尚仁くんの言ってることの意味が
　よくわからない……
　わからないけど、違うの。
「私ね、尚仁くんと一緒にいれなくなるのがいやだったんだ」
「…………」
「日菜ちゃんと付き合ってても、なんだかんだ言って私にかまってくれるのが本当は嬉しかった」
「…………」
「本当はずっと尚仁くんと一緒にいたくて……尚仁くんは優しいから、ずっと甘えてた」
　心臓がうるさい。
　自分の気持ちを伝えるのが苦しい。
「……だから、ごめんね……」
「……なんで泣くんだよ。ぶっさいく」
　優しくない言葉と、優しい声音。
　胸が、ぎゅうって締めつけられる。
　そして不意に、尚仁くんが私の手を強く、握り返してき

た。
　尚仁くんの手は冷たいのに、触れているところが熱い。
　私はまた……尚仁くんにドキドキしてる。
　下を向いたまま顔をあげられない。
「……遥と、帰んの？」
　低くて抑揚のない声が私を刺激する。
　——うん、そうだよ。
　言わなきゃ……いけないのに。
　胸が苦しくて言葉が出てこない。
「…………」
「……行くなよ」
「……えっ？」
「あいつと……帰ったりしないで」
　尚仁くんとの距離がすごく近くて……。
　シトラスの香りに包まれる。
　今の言葉は、どういう意味？
　どうして尚仁くんの声はこんなに……。
　こんなに、悲しいの——？
「璃子」
　そんな声で、呼ばないでよ。
　尚仁くんのせいで思考回路がめちゃくちゃなんだ。
　中沢くんに好きって言ってもらえて、これ以上ないくらいの幸せなのに。
　今日だって、一緒に帰れるのに。
「……おい、いつまで泣いてんだ」

尚仁くんに、いつもみたいな元気がなくて、ぜんぜん笑ってなくて、さっきからずっとつらそうで。
　私と話をしているのに、うわの空で……。
　ずっと、日菜ちゃんのこと考えてるんだなって思ったら、胸が痛くて。
　悲しいのは尚仁くんなのに、どうして私が泣くの？
「……私、帰る……」
「…………」
　ゆっくりと尚仁くんから離れる。
　今の状況から逃げだしたくて仕方ない。
　尚仁くんに呼び出されて、話を全部聞こうと思ったくせにわけもわからずに泣きだして、一方的にしゃべって、私はどれだけ自分勝手なんだろう。
　それなのに、ずっと仲のいい幼なじみでいてほしいなんて、図々しすぎるよね……。
「ごめんね、尚仁くん……」
　そう言って、立ち去ろうとしたとき。
　突然、目の前に何か青いものが差しだされた。
　視界が涙でぼやけてて、焦点（しょうてん）が合うのに少し時間がかかる。
「ちゃんと拭いてから、遥んとこ行けよ」
　手に握らされたのは、青いハンカチ。
「これ……」
「どーせ持ってきてないんだろ」
「……持ってきてるよ……今日以外は」

「ははっ」
　尚仁くんが短く笑う。
「やっぱ女じゃねーな」
　尚仁くん。
　普通に話してくれてありがとう。
　何も聞かないで、いつもどおり接してくれてありがとう。
　自分勝手なことばっかり言ったのに。
　黙って聞いてくれてありがとう……。
　本当はずっと知ってたよ。
　尚仁くんは、誰よりも優しいこと。
「尚仁くん、だいすき」
　自然と、口からこぼれた。
　尚仁くんは、また笑う。
　優しい表情だった。

放課後の話 【尚仁side】

　教室に戻ると、岬がいた。
「やっと来たね、しょーくん」
「しょーくんて何。きもいんだけど」
「じゃ、しょーちゃん！」
「うっざ。てか、なんで帰ってないのお前」
　俺は荷物をまとめながら問う。
「しょーちゃん待ってたんだよ」
「俺を？　彼女はどうした」
「愛佳は、今頃日菜ちゃんの家」
　――あ。
　そうか……そうだよな。
「いや～、やってくれるよね本当。日菜ちゃんショックで学校休んだんだろ？」
　胸に重い塊(かたまり)がのしかかったような息苦しさ。
「まあ、俺はしょーちゃんを責めたいわけじゃなくて、とりあえず、一緒に帰ろーぜ？」
　ヘラヘラした笑顔と妙な呼び名は、一応、俺を気遣ってくれているんだろう。
「ちょっと俺、しょーちゃんにいろいろ聞きたいし、言いたいこともあんだよね」
　岬に手を引かれながら、気乗りしないまま教室を出た。
「手握んなよ、女子かよ」

岬は楽しそうに笑いながら
手を離そうとしない。
　それ、さっきまで璃子と繋(つな)いでた方の手なんだけど。
　っては言わないけど。
　岬とふたりで帰るのは久々だった。
「お前さ、やっぱ璃子ちゃんが好きなんだろ？」
「…………」
　岬には言ってないはずだけど、やっぱわかんのかな。
　俺が返事をしないのを肯定とみなしたらしい。
「俺、お前と絡みはじめたぐらいの時、お前は璃子ちゃんて子が好きなんだと思ってたんだ」
　少し、驚いた。
　岬とは、高１から一緒だ。
「その時はまだ璃子ちゃんの顔も知らなかったんだけど、お前がやたらと璃子ちゃんの話ばっかするから」
「は、俺が？」
「無意識かよ。怖いねぇ」
「……昔のことは忘れるんだよ」
「へー。まあ、とりあえず、その時に菊池尚仁は幼なじみの璃子ちゃんのことが大好きなんだなって認識した」
　ちょっと待て。
　岬にとっての俺の第一印象、これ？
　そんな頻繁に璃子の話してたのか、俺は。
「でもお前は彼女とっかえひっかえでいいご身分だったし、それは俺の勘違いで片づけてたんだけどね」

「…………」
「この前の雨の日、お前が璃子ちゃんと遥が一緒に帰ったってさわいでたじゃん？」
「さわいでない」
「そうか？　だいぶ焦ってるように見えたけどね。俺には」
　岬の言葉ひとつひとつに神経が削られる。
「それと、璃子ちゃんが俺たちのクラスに来たことあったじゃん、遥に会いに」
　さっきから「遥」の名前をえらく強調しているように聞こえるのは気のせいか。
「べつにあれは遥に会いにきたわけじゃない。落とし物を持ってきただけで」
「はいはい、出ました独占欲！」
「お前、そろそろ殴っていい？」
「まあまあ、落ち着いてしょーちゃん。話をいちいちさえぎらないのー」
「…………」
「で、じつは俺、そこら辺からちょっと楽しんでたんだよね。おもしろいことになってるなって」
　少しためたあと、心底楽しそうに、岬が笑った。
「璃子ちゃんに本気で惚れてんのか、それとも、幼なじみとしてのただの独占欲なのかって考えてた」
　それは、ちょうど公園の前まで来た時だった。
　俺たちはいったん足を止めて、園内に入った。
「俺も、独占欲だとか思ってた。幼なじみとしてのね」

ふたりしてベンチにどかっと腰掛ける。
　夕焼けがまぶしい。
「でも、なんか違ったんだよね」
「本当に好きな子に気づかない、か。しょーちゃんってば自分のことには鈍感(どんかん)」
「やっぱ……そうなのかな」
　鈍感。
　ほんとに気づかなかった。
　璃子なんてずっと前から一緒で、こんな風になるなんてぜんぜん……。
「そういえばさ、尚仁がよく璃子ちゃんと遊んでた公園ってここだろ？」
　突然、「しょーちゃん」呼びが「尚仁」に戻った。
　無意識なのか、わざとなのか。
　面倒だから突っこまないけど。
「俺、お前にそんなこともしゃべってたっけ？」
「砂場でトンネル掘(ほ)って水流して遊んでふたりして泥だらけになって帰ったら一緒に親に怒られたんだよな？」
　にっこりと気持ち悪い笑顔でこちらを向く岬の言うことに、間違いはなく……。
「お前の記憶力がおそろしい……」
「尚仁がずいぶんと楽しそうにしゃべってたことだからね」
　あの頃からずっと、璃子が好きだった？
　気づかなかったんじゃなくて気づかないふりをしていた……のかもしれない。

初めから気づいていればよかった。
　初めから璃子だけを見てたら、いろんな人を傷つけることもなかったし。
　他の男に……。
　遥に、取られることもなかった。
　──かもしれない。
　あーあ。
「もう、遅いよなー。今さら」
　心の中で言ったつもりだけど口に出てた。
「じゃあ、諦めんの？」
　太陽がもう沈みかけていて園内は薄暗い。
「押すか引くか、悩んでるんだよね」
「尚仁は優しいよね」
「は？」
「でもさ、ここで引いたらお前らしくないよ。カッコ悪い」
「……岬、お前そんなキャラ？」
「なんだよ～、今度は俺に惚れちゃった？」
　軽く岬の頭を叩いてやる。
　そんなわけないだろ、気持ち悪いこと言うなって。
　でも、
「お前の彼女、幸せだろうなって思っただけ」
「ぶはっ」
　話してたらいつの間にか気が楽になっていた。
　岬は気遣いがうまい。
「おかげでスッキリした」

「そっか、よかった」
「もうちょい押してみるかなぁ」
「そうこなくっちゃ。そんじゃ最後に、岬くんがいいことを教えてあげよう」
　薄暗い中で、岬が不敵に微笑みながらささやいた。

彼と私のカンケイ

　ちょうど、１週間がたった。
　遥くんとの１週間、すごく楽しかった。
　『遥くん』って呼ぶの、まだ慣れなくてはずかしいけど。
　遥くんと付き合うのは中学校の時からずっと憧れだった。
　でも、絶対叶わないなって半分諦めてた。
　１週間。
　やっと、自分の本当の気持ちに気づいた。
　今日の放課後、５時に、裏門で。
　遥くんに伝えなきゃいけないことがある。

「あっ、雨降ってる」
　終礼中、クラスの誰かがつぶやいた。
　雨……どうして今日に限って……。
　ただでさえ今日は１日中心臓が破裂しそうなのに。
　そういえば、初めて遥くんと帰った日もこんな風な雨が降ってた。
　でも、今日はちゃんと傘を持ってきてる。
　天気予報ちゃんと見てきたし。
　お天気お姉さん、今日も20パーセントって言ってたけど、私この前学習したからね。
「起立ー、礼」

終礼が終わると、みんながいっせいに席を立つ。
　5時まで、あと15分。
「璃子、もうすぐ……行くの？」
「うん。彩音は今日は塾の日だよね？」
「その通り！　でも、待ち合わせ裏門なんでしょ？　靴箱までは一緒に行くよ？」
「ありがとう」
「……きんちょーしてる？」
「しすぎてどうかなりそうだよ」
　カバンを持って彩音と一緒に教室を出る。
　階段を降りたら、すぐ昇降口だ。
　遥くんになんて返事をするのか、彩音は聞かない。
　ただひと言、
「がんばれ」
　って言って、私の肩を叩いた。
　それだけでなんか涙が出そうだった。
　雨は土砂降りとまではいかないけど、けっこう強く降ってる。
　でも、風はなかった。
　遥くんはまだ来てない。
　そりゃそうだよね、まだ約束の10分前だし。
　遥くんは、傘持ってるのかな？
　持ってなかったら濡れちゃうよね……。
　昇降口で待ってればよかった。
　昇降口まで引き返そうか迷っていると、バシャバシャと

雨の中を走ってくる足音がして。
「ごめん！　雨の中待たせて……っ」
　遥くんが肩で息をしながら私に駆け寄る。
「そんなっ、大丈夫だよ！　私今来たし、そもそもまだ待ち合わせ時間の前だよ？」
　遥くんはちゃんと傘を差していた。
　やっぱりしっかりしてるなぁ。
　私とは大違い。
　ちょっとの間、沈黙が続く。
　私は遥にくんの顔をまっすぐ見れずに、傘で自分の顔を隠す。
　遥くんが、ゆっくりと切りだした。
「あのさ、俺、やっぱり宮原が好きだよ」
　胸が、ぎゅうっと締めつけられる。
　早くも、涙がこぼれそうで。
「俺が宮原を……幸せにしたい」
　はやく、言わなきゃ……。
　気づいた、自分の気持ちと、自分勝手で、わがままな答え。
　私は顔を隠していた傘を、思いきってあげた。
「遥くん、私ね……」
「うん」
「尚仁くんが……好きなの」
「……うん」
　遥くんは、優しく笑った。

「……そっか」
　とうとう、こらえきれなくなった涙が私の頬を伝いはじめる。
「……っでも、尚仁くんのこと好きな気持ち、忘れなきゃいけないの」
　遥くんが、涙をぬぐってくれる。
「それは……どうして？」
「……っ遥くん……、どうして私、こんなにわがままなんだろう……っ」
　優しい遥くんに甘えて、身体を預けてしまう。
　左手で私の肩を優しく抱いてくれた。
「尚仁くんと一緒にいられなくなるのが怖いから……」
「一緒にいられなくなる？」
「尚仁くんに好きって言ったら、きっと、そばにいさせてくれない……」
「…………」
「尚仁くん、前に言ってた。幼なじみだから一緒にいていいんだって。だから……」
「だから？」
「好きって言って一緒にいられなくなるより、気持ち隠してずっと幼なじみでいられる方が……ずっといいもん」
　涙が止まらない。
　私が泣いちゃいけないのに。
　遥くんを、傷つけて。
　本当に自分勝手な理由で。

「尚仁のこと、忘れるの？」
「……うん」
「……俺と、付き合う？」
　遥くんの優しい声は、いつだって私を惑わせる。
　尚仁くんが好きでも、きっとつらいだけ。
　そんな時、私は弱いからどうしても甘えてしまう……
「遥くん……」
　遥くんと付き合ったら、尚仁くんへの気持ちを忘れられる……？
「……付き合う」
　もう、涙で前が見えなかった。
　私はうつむいて、必死に涙をぬぐう。
　泣きながら、向こうから誰かが近づいてくる気配がした。
　裏門とはいえ、誰も通らないわけじゃない。
　こんなところ、見られたら……。
　どうしよう。
　泣き止まなきゃ、早く……。
　冷たい雨の中、不意に強い力で腕が引っ張られた。
「うそつき」
　聞き慣れた、低い声。
　状況が理解できなくて、一瞬、思考が停止する。
　抱き寄せられた弾みで、私の手から傘が落っこちた。
　かすかな、シトラスの香り。
　顔をあげると、驚いた顔の遥くんと目が合う。
　今、私の肩を抱いているのは間違いなく……。

「……尚仁くん」
　どうして。
　尚仁くんが力をゆるめて、私と向かい合う。
「お前、俺が好きなの？」
「……っ」
「遥が好きなんじゃなかったの？」
　待って。待ってよ。
　今、こんな時に聞かないで。
「私は、遥くんが……」
「宮原」
　私の言葉をさえぎるように、遥くんが名前を呼んだ。
「ちゃんと、素直になりなよ」
　そう言って優しく笑う遥くん。
「宮原、1週間ありがとう。楽しかった」
　そして、私が落とした傘を拾って、握らせてくれた。
「がんばれ」
　って、私にだけ聞こえる小さな声でつぶやいて。
　遥くんの背中が、遠ざかっていく。
　私は、尚仁くんとふたりきり……。

　尚仁くんは傘を持ってなかった。
　髪が、濡れてる。
　私は、そっと尚仁くんに傘を傾ける。
　手は、震えてた。
　尚仁くんに見つめられて、胸が苦しい。

「尚仁くん……私……」
　ちゃんと、言うんだ……。
「尚仁くんが、大好き」
「……知ってる。何回も聞いた」
「そうじゃなくて……好きなの。男の子として、尚仁くんが、大好き」
　おそるおそる尚仁くんを見あげると、
「ばーか」
　尚仁くんは笑いながら、
「いたっ」
　私の頭を軽く叩いた。
「あのね、尚仁くんが日菜ちゃんを好きって知ってる……でも……」
「璃子、ちょっと待て」
「でも、尚仁くんのそばにいていい……？」
　返事が怖くて、目をぎゅってつぶった。
　その後に聞こえたのは、長いため息。
「ったく、人の話を聞けったら」
「……えっ？」
「俺が好きなのは、お前だよ」
　雨の音と、尚仁くんの静かな声。
　心臓が、止まるかと思った。
　突然のことに、言葉が出ない。
「え……っと、聞き間違いかな？」
「はあっ!?」

「尚仁くん……が私のこと、好きって」
「お前なぁ……」
　心底あきれた顔で私を見る尚仁くん。
「好きだよ」
「尚仁くん……」
「なんだよ」
「尚仁くん……っ」
「うわっ」
　我慢できなくて、傘を放り投げて尚仁くんに抱きついた。
　私は尚仁くんの腕の中で、ただただ泣く。
「……おい、鼻水つけんなよ？」
「尚仁くん、うるさい」
　尚仁くんの体温が心地いい。
「俺と付き合う？」
　さっきの遥くん口調で聞いてくる尚仁くんは、ちょっと意地悪。
「付き合う」
「それ、ほんと？」
「本当」
「ずいぶんと素直だね？」
　どこまでも、甘い声。
　どきどき、させないで。
「尚仁くんが、幼なじみでよかった」
「…………」
「尚仁くん？」

「あー、もう無理。限界」
　突然、尚仁くんが頭を抱えこむ。
「目、閉じろ」
「えっ？　うわ……っ」
　顔が近づいてきてドキッとする。
　──ちゅっ。
　短いリップ音。
「……ここじゃだめだ」
　グイッと腕を引かれた。
「ちょっ、どこ行くの!?」
「濡れないとこ」
「へっ？」
「とりあえず体育館の裏。屋根あるし」
「ええっ!?」
　ちょっと待ってよ！
　このまま帰るんじゃないの!?

　体育館の裏は、薄暗くて誰もいなかった。
　手が解放されたかと思うと、今度は身体を壁に押しつけられた。
　考える暇もないまま、唇を塞がれる。
　触れた部分から熱が伝わってくる。
「…っん……ぁ」
　うまく息ができない私を見て、尚仁くんがあやしく笑う。
「ヘタくそ」

「う、うるさ……んっ」
　キスが言葉をさえぎった。
　私が息できるように、今度は角度を変えながら何度も唇を落としてくる。
　……私がヘタなんじゃなくて、尚仁くんが慣れてるんだよ、ばか。
　他の女の子にもしてたんだなって思うと少し妬けた。
　だけど、もう……そんなこと考える余裕もなくて。
　尚仁くんのことしか考えられない……。
　どうしよう。
　心臓もたない。
「尚仁くん……」
「ん？」
「すき……」
「……っあのな、頼むから煽るな」
　余裕のない声が聞こえて、ぎゅうっと抱きしめられる。
「もう……手に入らないかと思った」
　尚仁くんの腕の力が強くなった。
「大丈夫だよ……幼なじみなんだから、ずっと一緒にいるよ？」
「んー、それじゃだめ」
「えっ！　なんで！」
「幼なじみだから一緒にいるんじゃだめ。大好きだから離れたくない、くらい言ってもらわないと」
　顔が熱くなるのがわかる。

なんてハードルが高いことを要求してくるんだろう。この人は。
「言わないなら……」
「ひゃっ……!?　もう、ばか！　変態！」
　ただの幼なじみではなくなった尚仁くんは、今までより甘さが２割……いや、5割増し？
「そういえば、もうすぐ冬休みだね璃子」
「う、うん。そうだね？」
「いっぱいイチャイチャできる……な？」
「…………」
　早くも溺れそうです。
　助けてください。

エピローグ 【尚仁side】

"幼なじみだから"って言ってたのは、たぶんごまかしてたんだ。
　友達とは違う。自分の彼女や、寄ってくるほかの女とも違う。
"幼なじみ"って線引きをすることで一緒に帰る口実をつくって、どこか安心していた。
　璃子が俺以外のところに行かないように。
　俺の側から離れていかないように。
"幼なじみ"
　俺たちを長年縛りつけていた鎖。
　約10年かけて、ようやく解放された。
"ただの幼なじみ"は、もう卒業。
　これからは彼氏と彼女？
　まあ、なんでもいいや。
　お前が、これからはずっと一緒にいてくれるんだから。

エピローグ 【璃子side】

　尚仁くんと裏門を出た頃にはすっかり雨がやんでいた。
　いつもの通学路をふたりで手を繋いで歩く。
　今日はずっと、どきどきしっぱなしだ。
「私、思い出したんだ」
「何を」
「遥くんを好きになった日のこと」
「……あのさぁ、今その話する？」
「大事な話だもん」
「……てか、何だよ遥くんって。この前まで苗字(みょうじ)呼びだっだろ」
「遥くんが呼んでいいって言ったもん」
「あっそ」
　おもしろくなさそうな尚仁くん。
「で？　遥を好きになった日の話って？」
　ふてくされた顔で聞いてくる。
「その日は、尚仁くんに彼女ができた日だったんだ」
「は、俺？」
「朝に一緒に帰る約束してたのに、昼休みに尚仁くんが告白されてるの見ちゃって」
「…………」
「尚仁くんはオッケーして、その子と一緒に帰っちゃったんだよ」

「あー……なんか、思い出した、かも」
「そしたら、靴箱で遥くんと一緒になって、今日は尚仁と一緒じゃないのって聞かれた」
「…………」
「私が、尚仁くんに彼女ができたからもう一緒に帰ったりできないかもしれないって泣きだしちゃって……」
「遥に、なぐさめてもらったんだ？」
「うん」
　尚仁くんの顔を盗み見ると、予想に反して満足そうに笑ってた。
「俺と一緒に帰れないって泣いたの？」
「うっ……」
　ばかにされるのかな、と思いきや。
「かわいーね」
　だから……。
　どきどきさせないでってば！
「尚仁くんは変だよ」
「はあ？」
「優しいし、意地悪いし、気持ち悪い」
「……照れ隠し、バレバレ」
「尚仁くんうるさい」
「顔赤いけど大丈夫？」
「……尚仁くんのせいだもん」
　小さくつぶやくと、尚仁くんは楽しそうに笑う。
「もっかい言って？」

「……尚仁くんのせいだもん。……大好き」

fin.

書籍限定番外編1
「その後のお話」

「あっ、菊池くんおはよ〜！」
「尚仁やっほ〜！　今日もカッコいいね〜」
「きゃ〜菊池センパイ〜!!」
　尚仁くんは今日も相変わらず、かなりのモテよう。
　私の隣を歩きながらひとりひとりにヘラヘラと笑顔を送っている。
　まったくあきれたものだ。
　いや、これは慣れたからもういいんだけど。
　問題はそこじゃなくて、別にある。
「あの、菊池センパイ！　アップルパイが好きって聞いて……その、作ってきたのでよかったら食べてください！」
　顔を真っ赤にしながらかわいい紙袋を差しだしてくる、１年生の女の子。
「おっ、まじで？　やった。サンキュ」
　じつに嬉しそうに、それを受け取る尚仁くん。
　なんだか胸が、もやもやする。
　そりゃ、せっかく作ってきてくれたんだから受け取るよね……。
　大好物のアップルパイだし。
　うん、べつにいいんだけど。
　尚仁くんがモテるのは今に始まったことじゃないし、お菓子作って渡しにくる女の子は今までに何人もいた。
　問題は……。
「あたし、佐野怜奈っていいます！　それで、あの……よかったらメッセージアプリのID交換しませんか……？」

「ん。いーよ」
　これ……でもなくて。
「でも、俺あんまり返さないよ？　それでも大丈夫？」
「そんなの、ぜんぜん大丈夫です！　センパイと繋がれただけで幸せですから!!」
　……いや、ちゃんと返しなよ……。
「あの……また話しかけに来てもいいですか？」
「いーよ」
　軽いなぁ、ほんと。
「ただし、俺彼女いるからそこんとこよろしくね？」
「えっ！　センパイ、今フリーじゃなかったんですか!?　高山センパイと別れたって聞いたからてっきり……」
　とたんに落ちこむ目の前の女の子に申し訳ない気持ちになった。
「いるよ。ほっとけない可愛いのが」
　ちらり、とこちらを見た尚仁くんと目が合った。
「ええっ、それ気になります！　いったい誰ですか!?」
「んー……ナイショ」
　あ、そうそう、これ。
　問題はここにある。
「え〜、うらやましいなぁその人。さぞ美人なんでしょうねぇ……」
　ス、スミマセン……。
　超平凡(へいぼん)な私でごめんなさい、なんか。
　私の目の前でIDを交換しはじめるふたり。

私は無表情を保って、ぜんぜん気にしてないふりをする。
「ありがとうございましたセンパイ！　ではこれで失礼します！」
　交換が完了し、丁寧(ていねい)にお辞儀をする怜奈ちゃん。
　仕草もいちいち可愛い。
　……私とは大違い。
　去り際に、怜奈ちゃんがちらりと私を見た。
　ほんの１、２秒目が合って笑ったあとに駆けていった。
「あー、やっと行ったな」
　見ると、さっきまでのヘラヘラとした笑顔は跡形もなく消えている。
　尚仁くんの切り替えの早さにはいつも驚かされる。
「相変わらずモテるね」
「まぁね」
「今の怜奈ちゃんって子可愛かった」
「そーかな」
「そうだよ」
「妬いた？」
「ぜんぜん」
「うそつき。お仕置きされたいの？」
「……ほどほどには妬きました」
「よろしい」
　よろしい、じゃないよまったく。
　尚仁くんがカッコいいのはイヤってほどわかってるし、いろんな女の子が声をかけてくるのは仕方ない。

だけど……。
「前より、増えてない？」
「何が」
「声かけてきたり、差し入れ持ってきたりする子」
「なぜか俺が今フリーだって思いこんでるるらしいねみんな。日菜と別れたって噂が予想以上に出回ってるせいで」
「フリー……かぁ」
　そう。尚仁くんは、私と付き合ってることをなぜか口外にしない。
　そのせいで、最近やたらと女の子たちが寄ってくる。
　そのたびに「めんどくさー」って言ってる尚仁くん。
　そんなに思うなら私の名前出せばいいのにって思うんだけど……。
　どうして言わないんだろう。
　何か不都合なことでもあるのかな？
　私はずっと、このことでずっとぐるぐるしてる。
　尚仁くんと付き合うようになって毎日一緒に登下校してるけど、学校の近くになるととたんに女の子が寄ってきて、ゆっくり話したりできない。
「遊び人」って言われてた尚仁くんだからしょうがないと思うし、他の女の子にかまわないでなんて言ったら、たぶん困らせてしまうから口には出さないけど……。
　もうちょっと……私だけを見てくれないかな……っていうのが本音。
　私はほぼ毎日尚仁くんと登下校してるから、当然いろん

な女の子たちの目にとまっているらしい。
　だけどそれは、菊池尚仁の「幼なじみ」として。
　日菜ちゃんと付き合っていた頃も一緒に登下校していたから、今さら彼女だなんて思う人もいない。
　高校に入学したての頃は「付き合ってるの!?」って質問攻めにされた記憶はあるけど……。
　今はちゃんと、尚仁くんの「彼女」なんだよ……。

　——キーンコーンカーンコーン……。
　昇降口に入ると、始業5分前の予鈴が鳴った。
「やばっ。璃子、急げよ」
「あ……うん」
「……何ぼーっとしてんの」
「いや、なんでもない……」
「…………」
　尚仁くんが私の顔をのぞきこんでくる。
　近い距離で視線が絡んだ。
「具合悪い？」
　優しい声音。
「ううん」
「じゃあ、何」
「なんでもない」
「なんでもないわけない」
　尚仁くんは昔から妙に鋭い。
　私、顔には出さないようにしていたつもりだったんだけ

どな……。
「ちょっと寝不足なだけだよ」
「……あっそ」
　尚仁くんは、私が今嘘ついてるって絶対わかってる。わかったから、これ以上深入りしてこなかった。
　気遣いが嬉しくもあり、同時に、どこか悲しい。
　私が言いたいこと、少しくらい、察してくれてもいいのに……。
「放課後、迎えにいく」
「うん」
　クラスが違う私達は、2階にあがりきった所の階段で別れた。

　———昼休み。
　彩音の今日のお弁当はそぼろご飯で、とってもおいしそうだった。
　それに対して私は……。
「あっ、お弁当忘れた！」
「はあ!?」
「どうしよう……」
「ほんとぼーっとしてるねあんたは」
「……売店行ってくる」
　仕方なくスクバから財布を抜いて立ちあがり、売店に向かう。
　あぁ……どうしていつもこうなんだろう。

お弁当、お母さんせっかく作ってくれたのにな……。
　もうちょっとしっかりしなきゃって、いつも思うんだけど……。
　自責の念にかられる。

　売店には案の定人だかりができていた。
　パンとか、いいやつはもう残ってないかもしれない。
　この人混みをひとりで分け入っていくのは度胸がいる。
　どうしよう……と立ち尽くしていると、
「尚仁見て〜！　いちごクリームパンふたつも買っちゃった！」
　じつに女の子らしい、高くて甘い声。
　聞こえてきた方に視線をやると、尚仁くんと女の子が並んで歩いてて……。
　ただでさえ沈んでいた気分がさらにさがっていく。
　相手の女の子はすっごく可愛くて、私なんかと歩いてるよりすっごくお似合い。
　心の中でそっとため息をつきながら目を逸らした。
　こんなの、見慣れてる。
　昔から尚仁くんのまわりには女の子が絶えない。
　べつに、今さら気にすることじゃないのに……。
　胸の奥にモヤモヤとした感覚が残る。
　うつむいて、唇をきゅっと噛みしめた。
「──おい」
　不意に引っぱられた右腕。

それと同時に、わずかなシトラスの香りがした。
　ドキン、と心臓が跳ねる。
「何やってんの、お前」
　私を引き寄せたまま尚仁くんが言う。
　突然のことに、私は言葉が出ない。
　だって、たった今まで女の子と一緒に歩いてて……。
　だけど、見ると尚仁くんの隣にはもうあの女の子はいなかった。
　あれ……？
「尚仁くん、今、女の子と歩いてたよね」
「あぁ、真央のこと？」
　──まお。
　ずいぶんと親しげな呼び方。
「真央とはたまたま会って話しかけられただけ」
「……そっか」
「……もしかして妬いてる？」
「…………」
　ニヤニヤと尚仁くんが笑う。
　妬いてない、なんて嘘。
　だけど……。
「ぜんぜん気にしてないよ」
「……あっそ」
　どうしてか、意地張っちゃう私。
　サイコーに可愛くない。
「で、お前は何してんの」

「あ、うん。お弁当忘れちゃった……」
「はあ!?　ばっかじゃねぇの」
　わざとらしい盛大なため息。
「ほんと救いようがねーな。これからは俺があれ持った？　これ持った？　って毎朝確認してやろうか」
「……うるさいし」
　私がにらむと、尚仁くんは楽しそうに笑う。
　そして、
「財布貸しな」
　私の手からするりとお財布を奪った。
「何がいい？」
「あっ、えっと……チョココロネ！　もし売りきれてたら、チョコスティックパン」
「了解。ここで待ってろよ」
　尚仁くんは私に背中を向けると、器用に人混みをかき分けて歩いていく。
　いつも見てるはずの背中なのに、なぜかドキドキした。
　やっぱり尚仁くんて優しい。
　この優しさに昔から何度も助けられてきて……。
　尚仁くんがいなかったら、私は本当に生きていけないかもしれない。
　あのね、尚仁くん。だいすき。

　放課後。
　そろそろ尚仁くんが迎えにくる頃かなと帰り支度を始め

ていると、
「璃子〜お願いがあるんだけど……」
　彩音が何やら真剣なカオでこちらにやってきた。
「どうしたの？」
「あの、悪いんだけどさ……放課後、どうしても付き合ってほしいところがあんの」
「付き合ってほしいところ？」
「うん。あっ、でも璃子は菊池くんと帰るよね……」
　急に顔を赤らめながら小声になっていく彩音。
　なんか、いつもと様子が違うような？
「尚仁くんとはいつも帰ってるしぜんぜん大丈夫だよ！　付き合う！」
「ほんと!?　ありがと〜！」
　嬉しそうに彩音が顔をあげた。
「それで付き合ってほしいところって？」
「あ、うん。じつはね……」
　──ガラッ。
　彩音が言いかけた時、教室のドアが開いた。
　見慣れた立ち姿。
　まだ教室に残っていた女の子たちがとたんにさわぎはじめる。
「璃子、帰んぞ」
　尚仁くんがズンズンと歩いてきて私の目の前に立つと、みんなの視線は必然的にこちらに集まる。
「あ、尚仁くん。あのね……」

「菊池くんごめん！　今日だけ璃子のこと借りていい？」
　私の言葉をさえぎりながら彩音が１歩前に出た。
「あぁ……べつにいーよ」
　そう答えると、尚仁くんはちらりと私を見て、頭にぽんと手を置いてきた。
「じゃー、また明日の朝」
「うん。また明日……」
　人目があるところで触れられて顔が熱くなる。
「いいなぁ璃子ちゃん。菊池くんと幼なじみなんてうらやましい〜！」
「ほんと！　菊池くんに頭ポンあたしもされてみたい〜!!」
　ちらちらとそんな声が耳に入ってくる。
　幼なじみかぁ……。
　じつは付き合ってます……なんて、とても言えるわけない……。
　去っていく尚仁くんの背中を見つめながらそっとため息をついた。
　そして彩音に向き直る。
「あの、菊池くん！　よかったらうちらと帰らない??」
「あー、いいよ」
　背後から聞こえてくる会話は気にしない……。
「——って言いたいところだけど、やっぱりごめんね。俺、彼女いるから」
　不覚にも、ドキッとする。
「えーっ！　そうなの!?　誰!?」

「日菜ちゃんとは別れたんでしょ!?」
　この会話の流れ、今朝と一緒だ。
「誰かは教えられない。ごめんね」
「え～、気になる！」
　小さく振り返ってみると、尚仁くんはにこにこと優しい笑顔を貼りつけてそのまま教室を出ていった。
「菊池くん、言えないってどんな子だろうね？」
「まさか教師とか!?」
「キャー!!　菊池くんならありえるかも!!」
「同年代じゃ物足りなくなって年上に手を出した……みたいな!?」
「あははっ！　でもありそーじゃない？　菊池くん大人っぽいし」
　……尚仁くん、めっちゃ語られてますよ。
　相変わらずすごいモテよう……。
「いやぁ、愛されてんね璃子」
　そう言って満足げに笑う彩音。
　私はちょっと頬がゆるんでしまう。
　尚仁くんがちゃんと断ってくれたのが、自分でも予想以上に嬉しかった。

　彩音に連れて来られたのは、デパートの地下街。
　彩音は結局最後まで、どこに何しに行くのか言わなかった。
「ふぅ、着いたよ璃子！」

彩音が足を止めて、私はようやく理解した。
　ガラスケースの中にきれいに並べられたそれを見て、私はごくりと唾を飲む。
「そっか、もうすぐバレンタイン……」
「そうそう。じつはあたしあげたい人がいてさ」
「あ、例の彼氏？」
「うん……。あたし手作りは得意じゃないから買おうと思って」
　私は納得する。
　さっき彩音が赤くなってた原因はこれか……。
　彼氏の話をするときの彩音は乙女で本当に可愛い。
　だけど……。
「彩音、そろそろ教えてよ」
「んー……だめ。まだ教えられない」
「私、ずっと気になってるんだけど……」
「急かさないの〜。あたしらが大人になったら話すから〜」
　彩音の彼氏を私は知らない。
　どうやら年上みたいなんだけど……。
　私にも言えないような人と付き合ってるなんて……。気になってしょうがない。
　危ない人とかじゃなかったらいいんだけどな。
　まぁ、彩音に限ってそれはないか。
「で、璃子はどうするの？」
「えっ？」
「バレンタインだよ。もちろん菊池くんにチョコあげるで

しょ?」
「あ……うん。いや、考えてなかった」
「はぁ!?」
　彩音の大きな声に、周りにいる人たちがこっちを振り向いた。
　もう、はずかしいなぁ相変わらず!
「付き合ってるんでしょ!?」
「うん……そうだけど……」
　考えをめぐらせる。
　私男の子にチョコなんてあげたことないけど、そうだよね。
　付き合ってたら渡すよね。
　私がチョコ渡したら、尚仁くん喜んでくれるかな……?
「うん。渡してみる」
「そーそー。そうこなくっちゃ」
「……あ、でも……」
　ふと思い出される、これまでの日々。
　バレンタインって、もらった友チョコがおいしかった記憶とチョコに埋れてた尚仁くんの記憶しかないや……。
「なんか、やっぱりあげなくてもいい気がしてきた……」
「はあ?　何言ってんのよ」
「だって、尚仁くんは毎年数えきれないくらいチョコもらってるし……私からの1個なんて意味ないよ」
　はぁ、と彩音が深いため息をつく。
「ほんとわかってないね璃子は。菊池くんはあんたからの

その１個が欲しいんだよ！　他の女からのチョコなんてどうでもいいの!!」
「そんなこと……」
「あーもう！　うざったいな！」
　彩音は怒鳴って、そのままくるりとガラスケースの方に向き直った。
　そして、
「すみません、これ、ふたつください」
　大きなハート型の箱に入ったチョコレートを指さして言う。
「えっ、彩音２個も買うの!?」
「バカ！　あんたのも一緒に頼んであげたの！」
「ええっ!?」
「ほらっ、早く財布出して！」
「ちょっ、ちょっと待ってよぉ……」
　私はあわててスクバからお財布を取り出す。
　お金、足りるかなぁ？
「あ、お会計別でお願いします」
「かしこまりました」
　店員のお姉さんが愛想よく微笑む。
「では、１箱1296円になります」
　1296円って……地味に高くない!?
　私のお財布には今……野口さんが１枚、２枚……しかない。
　よかった、なんとか足りる……。

彩音に続いて私もお会計を済ませると、高級そうな袋が手渡された。
　袋の真ん中にはシールが貼ってあって、もう中身を確認することはできない。
　よく見てないのに買ってしまった……。
　いや、買わされてしまった……。
　せっかく尚仁くんに渡すなら、もっとちゃんと選びたかったのに……！
「文句があったとしてもあたしは聞かないからね。こうでもしないとあんた、絶対買わなさそうだし」
「ううっ……」
　心の中を見透かしたような言葉。
　でもたしかに、彩音がいなかったら自分からチョコ渡そうなんて思わなかったかも。
「……ありがとう彩音。がんばって渡すね」
「おう」
　ちょっとしか見てないけど、ハート型で……でもわりと品があって、まっとうなチョコレートだった気がする。
　人生で初めて、男の子ににチョコを渡す。
　尚仁くんに、本命チョコ……。
　ドキドキする。
　バレンタインまで、あと3日。
　思ってたより日がない。
　ちゃんと、渡せますように……。

次の日。
　起きたとたん、自分の机の上にある尚仁くんへのバレンタインチョコレートが目に入った。
　あと２日しかないや。
　あぁ……今からすでに緊張してる。
　相手は尚仁くんなのに……。
　いや、尚仁くんだからか……。
　１年前の私だったら、想像もできないだろうな。
　幼なじみの尚仁くんに本命チョコを渡す日が来るなんて。
　――ブーッ、ブーッ……。
　支度を済ませてローファーに足を突っこむと、ケータイのバイブが音を鳴らした。
「もしもし～？」
『寝坊した』
　聞こえてきたのは、寝起きでちょっと不機嫌そうな尚仁くんの声。
「ええっ？　間に合うの？」
『間に合わない、から先行ってて』
「うん、わかった」
『じゃ、そういうことで……あぁー……眠い……おやすみ璃子』
「えっ、ちょっと待ってよ！　まさか二度寝!?」
『んー……』
「…………」

だめだ。間に合う気、さらさらないらしい。
　しょうがないなぁ……。
　まぁ、いっか。
「……おやすみ」
　ひと言つぶやいて電話を切った。
　外は今日も冷たい風が吹きつけている。
　そういえば２月って、一番気温が低いんだっけ……。
　手袋をしてても凍るように寒い。
　あ、カイロ忘れた……。
　家を出てだいぶたった頃に気づいたから、もうどうしようもない。
　尚仁くんがいたら、「ばかだな。１個やるよ」っていつも言ってくれるのに。
　尚仁くんのポケットにはカイロが必ず２、３個は入ってるから。
　そんなことを考えた自分にまたあきれてしまう。
　いつまでも尚仁くんに頼ってたらだめだって、私。
　しっかりしろ!!
　そう言い聞かせてまた歩きはじめた。
　寒くて、自然と歩調が早くなる。
　尚仁くんが隣にいるときは、寒さなんてぜんぜん気にならないのに……。
　なんか……やっぱりさみしい。

　50メートルほど先に校門が見えてきた時だ。

「あ、宮原センパイ!」
　元気な声に呼び止められた。
　振り向くと、立っていたのは昨日尚仁くんとIDを交換していた……。
　たしか……。
「えっと、怜奈ちゃん……?」
「はい!　怜奈です。知っててくれたんですね!　嬉しいです!!」
　朝から元気なその声に圧倒される。
　小柄だし、やっぱり可愛い。
「怜奈ちゃんこそ、私の名前知ってるなんてびっくり」
「そりゃ知ってますよ〜!　宮原璃子センパイでしょ?　てか、この学校で知らない人なんていないですって!!」
「ええっ……!?」
　そんなばかな!
「なんたって、あの菊池センパイの幼なじみですからね」
「そ、そうなんだ……」
　尚仁くん、すごすぎ……。
「ところで、センパイ今日はひとりなんですね?」
「あ、うん。尚仁くん寝坊したみたいで……」
「そうなんですか……。会えると思ったんだけどなぁ」
　少し残念そうに下を向いて歩く怜奈ちゃんを見ながら、私はなんだか胸がモヤモヤしはじめる。
　ほんとに、尚仁くんのこと好きなんだ……。
　だとしたら、言うべきなのかもしれない……。

私が彼女だって。
　でも、尚仁くんは私が自分の彼女だって言いたがらないし……。
　黙っておくべき？
　仮に言ったとしても、絶対釣り合わないって思われそう。
　よく考えれば、そもそも私にそんなこと言う勇気なんてない。
　私なんかが彼女で申し訳ないような気さえしてくる。
「あっ、でも菊池センパイがいないならちょうどいいかも」
「えっ？」
「宮原センパイ、ちょっと聞きたいんですけど……」
　遠慮がちな瞳で見つめられて、私は言葉に詰まる。
　待って、いやな予感しかしない……。
「あたし、考えてたんです。菊池センパイ彼女いるって昨日言ってたけど、本当はフリーなんじゃないかって……」
　その言葉にドキリとする。
「本当に今彼女いるんですか？　いるって言ってるのは手っ取り早い女よけの口実とかじゃないんですか？」
「…………」
　すぐには言葉が出てこない。
　ヘタなこと言えない状況だ。
「えっと、怜奈ちゃんはどうしてそう思うの……？」
　できるだけ不自然にならないように返す。
　怜奈ちゃんは少し唸った。
「だって……おかしいじゃないですか。菊池センパイに彼

女できたら、とっくに噂になってるはずなのに」
「…………」
「それに、特定の女の人と歩いてる様子もないし……」
　……なるほど。
　よく見てるんだな尚仁くんのこと。
　特定の女の人か……。
　私、ほぼ毎日尚仁くんと登下校してるんだけどな。
　私は幼なじみとしてしか認識されてないから、彼女の可能性がある候補としては除外されてるらしい。
　なんか……複雑な気分。
　尚仁くんが私の名前を出さないから、なんだか大変なことになってるよ。
　…………ばか。
「宮原センパイは幼なじみだから知ってますよね？」
「……ごめんね、私もよくわからないんだ」
「本当に知らないんですか？」
「う、うん」
　念を押したように強い眼差しで見つめられたから、なんとなく逸らしてしまった。
「そっかぁ～。わかりました。とりあえず、もうちょい押してみよっと」
　そんな怜奈ちゃんの笑顔を見ながら、取り返しのつかないことしてるなって気づいた。
　気分がどんどん重くなっていく。
「あっ、ひょっとして菊池センパイの彼女って宮原センパ

イだったりして」
　ドクッと心臓が鳴る。
　──ええっ!?
「そ、そんなわけないじゃん!!」
　動揺を悟られたくなくて、とっさに返事をしてしまった。
「あははっ！　ですよね〜」
　そう言って軽く笑い飛ばす怜奈ちゃん。
　ズキズキと胸が痛む。
　だって……尚仁くんが……。
　尚仁くんが言わないなら、言っちゃだめだと思ったの。
　尚仁くんの考えてることわかんないけど、私と付き合ってるってことを決して言おうとしないから……。
　私、判断間違ったかな？
　でも、わかんなかったんだもん。
　どうすればよかったの？
　ねぇ、尚仁くん……。

「おーい？　璃子〜？　どうしたー」
　彩音に顔をのぞきこまれてハッとする。
　いけない、ぼーっとしてた。
　いつの間にか終礼が終わっていたらしく、もう教室には数人の生徒しか残っていなかった。
「あんたさっきからため息ばっかりついてるよ」
「そんなに？」
「うん。何、もしかして旦那のことで悩んでる？」

旦那……。
　あ、尚仁くんのことか。
「ねぇ、彩音」
「うん？」
「尚仁くんて、すっごいカッコいいよね」
「う、うん。どうしたのいきなり」
「あと、優しいし、明るいし、運動もできるし……」
「…………」
「私、釣り合ってないよね……」
　あ、だめだ。口にしたら急に悲しくなってきた。
　だって、本当にそんな気がしてきたから。
「何回も言ってるけど、璃子は何もわかってない。恋愛って釣り合ってるとか、釣り合ってないとかじゃないでしょ」
「でも……」
「あんた、菊池くんがどれだけあんたのこと好きか知らないでしょ」
　彩音がいつになく真面目なカオで見つめてくる。
「あたし、見ててわかるもん。どんなに女にたくさん囲まれてても、菊池くんは璃子のことしか見えてないよ」
　自信たっぷりの表情。
　その自信はいったいどこから来るんだろうって不思議だけど、彩音の言うことはだいたい正しい。
　人間観察力に優れてるし、私が考えてることはいつもお見通しみたいだ。
　彩音が言うんなら……。

「尚仁くん、私のこと好きかな？」
「あたりまえ。ていうか、好きすぎてどうかなりそうなくらい好きだと思うよ」
「でも、私他の女の子みたいに魅力ないし……」
「あのねぇ、あんまりそんなことばっかり言ってると怒るよ？　いい加減うざい」
　彩音の気迫に縮こまる。
　自分でもうざいのはわかってる。
　でも、自信がない。
　私に優しくしてくれるのはわかるし、大事にしてくれてるなって実感もある。
　だけど、他の子にも変わらない笑顔で接してる尚仁くん見てたら……。
「……モヤモヤするんだもん」
　小さくつぶやくと、彩音がふぅと息を吐いた。
「いい？　今あたしに言ったこと全部、菊池くんに言いな」
「えっ」
「そしたら菊池くん、ばかみたいに喜ぶと思うよ」
「そ、そうかなぁ……」
「あたしの言うことに間違いはない」
「…………」
　彩音の言うことはたしかに信用できるけど、これは……どうなんだろう。
　尚仁くんてたしか、面倒くさい女って嫌いって言ってたような……。

言ってもうざがられるだけな気がする。
　そもそも、私今までずっと尚仁くんにお世話になりっぱなしで、依存しまくりで、迷惑かけまくってて……相当面倒くさいやつじゃん！
　あぁ……。
　私彼女失格……。
「ていうか、あれ？　今日、旦那迎えにこないの？」
　時計を見ながら彩音が言った。
　そういえば……。
　針はもう５時20分を指していた。
　いつもなら、もうとっくに迎えにきてる時間。
「どうしたんだろう……」
　なんとなく、ドアの方に視線を移してみる。
　来る気配、なし。
　その少し手前でケータイを触ってる男子が目に入って、私は今朝のことを思い出した。
『寝坊した』
　寝起きの尚仁くんの声。
「もしかしたら、今日学校に来てないのかも」
「えっ？　今朝一緒に来たんじゃないの？」
「ううん。寝坊の電話がかかってきて、先行っとけって言われた」
「で、そのまま菊池くんはさぼったってわけ？」
「……かもしれない」
　新たに連絡が来てないかなってケータイを開いたけど、

尚仁くんからの通知はゼロ。
　二度寝してたしなぁ……。
　そのまま１日中寝てたりして……。
　しょうがないなぁ。
「彩音、帰ろっか」
「えっ、大丈夫なの？」
「こんなにたって来ないってことは、やっぱりさぼったんだと思う」
「うーん。それにしても帰る前に確認のメッセージ送った方がいいと思うよ？　もしかしたら学校にいるかもしれないし」
　彩音に言われてもう一度ケータイを開いた。
【今どこにいるの？】って短い文を送信する。
　だけど、３分ほどしても既読は付かなくて……。
　今ケータイを見てないとしたら……何してるんだろう？
「……だめだ。返信こない」
　もう、今日は諦めよう。
　そう思って私は立ちあがった。
　すると、彩音が何か言いたそうな目で見つめてきた。
「ねぇ、璃子。あのね、そういうところ、きちんとしてた方がいいんだよ」
　その言葉に私は首をかしげる。
「そういうところ？」
　聞くと、彩音は少し難しそうなカオをした。
「うまく言えないんだけど、その……ほら、今日は一緒に

帰るとか、帰らないとか、そーいうことをお互いがしっかり把握してないと、気づかない間にすれ違いが起こっちゃうの」
「すれ違い……」
　そのとき、こころなしか彩音の表情が暗くなった気がした。
「たぶんこうだろう、ああだろうって相手のことを決めつけて行動するとね、いつの間にか……さ」
「…………」
　彩音が視線を伏せた。
「あたし、そーいう経験あるんだ。心が離れちゃうのって、けっこう苦しいよ」
「彩音……」
　それって、今の彼氏の話……？
　そう聞こうと口を開きかけて、やめた。
　彩音があまりにも泣きそうなカオをしてたから。
　彩音の彼氏が誰だか知らない。
　だけど、私が知らないところで彩音は苦しい恋をしてるの……？
　深くは聞いてはいけない気がした。
　聞かない、けど……。
「苦しかったら、相談にのるからね」
　私の言葉に、彩音はハッとしたように笑顔になる。
「あははっ、ありがと。でも大丈夫！」
「本当……？」

私も恋愛経験が豊富だったら、相談にのってあげれるかもしれないのに……。
　──ガラッ。
　突然開いたドア。
「げっ、さかティー」
　彩音の声が教室に響いた。
　尚仁くんじゃなかった……。
　自分が少し落胆していることに気づく。
　なんだかんだ言って、尚仁くんが迎えにきてくれること期待してたんだなぁ、私……。
「お前たち、まだいたのか。用がないなら早く帰りなさい」
　その声に仕方なくスクバを持って立ちあがる。
「失礼しまーす」
　そう言って彩音と教室を出ようとしたとき。
「……工藤」
　低い声で、さかティーが彩音を引き止めた。
「なんですか？」
　彩音が少し反抗的な声を出す。
「今から生徒指導室に来なさい」
「はぁ？　なんで……」
「お前が週末課題をまったく出さないからだ。俺は頭が痛い」
「…………」
　ちらり、と目を合わせてくる彩音。
「ごめん、璃子」

「あっ、ううん大丈夫」
「帰り、気をつけてね」
「うん、ありがと。また明日」
　私は小さく手を振ってふたりに背を向けた。
　それにしても彩音、課題くらい出しなよ……。

　ひとりで廊下を歩きながらもう一度ケータイを開いてみたけど、相変わらず既読は付いてなかった。
　どうしようかと迷ったあと、５組の教室まで行ってみることにした。
　もうこんな時間だし、いるわけないよね……。
　でも、彩音もあんなこと言ってたし、のぞくだけのぞいてみよう……。
　尚仁くんのことだから、どうせ今ごろ、家でのんびりしてるんでしょ……。
　そんなことを考えながら５組の手前まで来たとき、私は足を止めた。
　視界に入ってきたのは、他でもない尚仁くん。
　だけど、ひとりじゃなかった。
　隣には、怜奈ちゃんがいて……。
　心臓が冷たく音を鳴らす。
　ふたりは話に夢中で、私には気づかない。
　……学校、来てたんだ……。
　少し距離があるせいで会話は聞き取れないけど、すごく楽しそう。

時おり、怜奈ちゃんの高い声に混ざって尚仁くんの笑い声が聞こえてくる。
　あんなにはしゃいでる尚仁くん、久しぶり見た……。
　ズキッと胸が痛む。
　尚仁くん学校来てたのに。
　私のことを迎えにこないで、怜奈ちゃんとしゃべってる……。
　私より、怜奈ちゃんを優先した……？
　頭の中がいやな思考でいっぱいになる。
　涙が出てきそうになるのをあわててこらえた。
　そして、気づかれないように引き返そうとした、そのとき……。
「あれっ、宮原センパイ？」
　可愛いその声にビクッとする。
　怜奈ちゃんが私に気づいたらしく、笑顔で駆け寄ってきた。
「聞いてください！　菊池センパイと好きなバンドが一緒だったんです!!　けっこうマイナーなバンドだから、あたし嬉しくて嬉しくて!!」
　……ズキッ。
　バンドの話なんか、私に１回もしたことないのに……。
「へ、へえ！　そうなんだね！」
　不自然な返答をしてしまう。
　私、今ちゃんと笑えてるかなぁ……？
「あっ、菊池センパイ。よかったらこのまま一緒に帰りま

せんか？」
　怜奈ちゃんが、こちらに歩いてきてる尚仁くんを振り返る。
　私は目を逸らした。
「んー、ごめんね。俺、璃子と帰るから」
「そう、ですか……」
　とたんに落ちこんだように下を向く怜奈ちゃん。
　私はズキズキと胸が痛む。
　そんなこと言っても尚仁くん……今までずっと怜奈ちゃんと楽しそうにしゃべってたじゃん。
　私のことなんて、忘れてたんじゃないの……？
「私はいいから、ふたりで帰りなよ」
　気づいたら、そう言ってた。
　尚仁くんが私を見たのがわかったけど、私は怜奈ちゃんに笑いかけたまま、気づかないふり。
「璃子……？」
　尚仁くんの探るような声。
　私は無視してふたりに背を向ける。
「あ、宮原センパイ……」
「……いーよ、あんなやつ。帰ろうか、怜奈ちゃん」
「は、はい……!!」
　うしろから聞こえた会話に傷つきながら、私は足を早めた。
　気にしない、気にしない……。
　目の奥が熱くなる。

「……ふぅ……っ……」
　昇降口を出ると、一気に涙があふれてきた。
　私ばかみたい。
　ほんとにばかみたい。
　自分で言ったことだけど……期待してた。
　私があんなこと言っても、尚仁くんなら「待てよ」って言って追いかけてきてくれるって……。
　そんなこと、なかったんだ……。

　ひとりで帰る通学路は……尚仁くんが隣にいない通学路は、いやというほど長かった。
　そして、家に帰ってからも涙が止まらなかった。

【尚仁side】
　俺の隣を歩きながら、楽しそうにしゃべってる怜奈ちゃん。
　俺が好きなバンドを知ってるって言うから、さっきまでつい話しこんでしまってたけど、今は……。
　ごめんな。君の話、ぜんぜん聞いてないわ、俺。
　テキトーな相槌を打ちながら、頭の中ではまったく違うことを考えてる。
　……あいつ、わけがわからない。
　付き合いはじめた頃から思ってた。
　璃子は俺が違う女といても、妬かない。
　試しに目の前で怜奈ちゃんとIDを交換してみても、な

にも気にしてないように笑ってた。
　さみしそうなカオひとつしない。
　……なんで？
　……むかつく。
　俺はお前が遥としゃべってるのを見るだけでどうにかなりそうだったのに……。
　俺が怜奈ちゃんと帰っていいの？
　本気でそう思ってんの？
　なんでなんともない顔して先に帰ってんの？
　お前、俺の彼女じゃないのかよ……。
「センパイっ、赤ですよ!?」
　腕が強い力で引っぱられた。
　ものの数秒後に、俺の目の前をトラックが勢いよく走り去っていった。
「センパイ！　何ぼうっとしてるんですか!?　信号見えなかったんですか!?」
「……あぁ、ごめん。ありがとう」
　ばかみたいだ。
　璃子のことになると、なんでこう……周りが見えなくなるんだろう。
　いい加減、ださい。
　信号が青に変わって歩きだす。
　渡りきると、怜奈ちゃんはお辞儀をした。
「あたし、家こっちなんです。今日はありがとうございました。すっごく楽しかったです！」

この子、可愛いし、礼儀正しいし……。
「大丈夫？　家まで送っていこうか？」
　俺が試しにこんなこと言ってみれば、
「えっ……!?　いいんですか!?」
　……ほら、真っ赤になってさ。
「うん。行こうか」
「あっ、ありがとうございます!!」
　俺のこと大好きなの一目瞭然で……。
「こんなにセンパイに近づけると思ってなかったから、めっちゃ嬉しいです～!!」
　何より、素直。
　お前なんかより、ずっと可愛げがあるよ、璃子。
　だけど、可愛げのない璃子のこと、ずっと考えてる。

　怜奈ちゃんの家は500メートルくらい歩いたところにあった。
　けっこうデカくて、どうやら金持ちらしい。
「家まで送っていただいて、本当にありがとうございました！　楽しかったです！」
「ん。俺も楽しかったよ」
　なんて笑ってみせる。
　嘘つけ、と自分に心の中で突っこむ。
　怜奈ちゃんの話、ほとんど聞いてなかったくせに。
「いつか、ライブ一緒に行きたいですね～！」
「んーそうだね～」

返事をしながら、俺は自分の行動をかえりみた。
　怜奈ちゃんを家まで送ったのは……璃子への当てつけ。
　ぜんぜん妬かない璃子にむかついて、少しは傷つけばいいのに……なんて考えて。
　自分の余裕のなさにちょっと笑う。
　俺は、お前しか見えてないんだって。
　いい加減、わからせてやりたい。
「でも、ごめんね。この前も言ったと思うけど、俺彼女いるから……一緒にとかは、無理」
　冷静になって、俺はちゃんと線を引き直す。
　怜奈ちゃんは、友達。
　ちゃんと、伝わるように。
「……れなんですか」
「えっ？」
「彼女って、誰なんですか……？」
「…………」
　すがるような目で見つめられる。
　教えるわけにはいかない……。
　だって――。
「あたし、センパイのこと好きなんです。教えてくれないと諦めきれません」
「…………」
「お願いします、教えてください」
　怜奈ちゃんの瞳がだんだんと潤んでくる。
　このまま泣かれたら……。

「……誰にも言わないって約束する？」
　しかたなくそう言うと、怜奈ちゃんはコクコクとうなずいた。
「言いません……！」
「絶対だよ」
「はい……！」
　まさか、こんな形で知られることになるなんて……。
　心の中で大きく舌打ちをする。
　怜奈ちゃんにじゃなくて、自分に。
　こんな状況を作りだした俺が悪い。
　自業自得。
　本当は、誰にも知られたくなかったのに……。
「俺、璃子と付き合ってる」
「…………」
　これ以上言及されないように、はっきりと言った。
　怜奈ちゃんはうつむいたまま何も言わない。
　……泣いてる？
　辺りが暗くなってきたせいでわからなかった。
「まぁ、そういうことだから、ごめんね。じゃあ……」
　背を向けると、腕をつかまれた。
「……どうしたの？」
「本当なんですか？」
「えっ？」
「本当に、宮原センパイと付き合ってるんですか？」
「そうだよ」

「それ……嘘じゃないんですか……？」
「…………」
　意外と、粘り強いらしい。
　……面倒くさい。
　ここまできて、俺が嘘つくわけないってのに。
「怜奈ちゃんは俺が今言ったこと、嘘だと思ったの？」
「……すみません。でも、宮原センパイが……」
「……璃子？」
　なんでここで璃子の名前が出てくるんだ……？
「今朝、宮原センパイと話したんです。菊池センパイとは、付き合ってないって言ってました……」
「…………」
　──は？
「それ……ほんと？」
「はい……」
　冷たい風が吹いた。
　急に身体が冷えた気がした。
　俺は歩きだす。
「あっ、センパイ……」
「……ごめん、もう帰るから」
「はい……なんか、すみません、でした……」
「…………」

　息が白く染まる。
　冬は日が沈むのがあっという間だ。

真っ暗だった。
　遠くに、自分のマンションの光が見える。
　璃子が妬かないのは、俺が女といるところを見慣れてるから？
　違う。
　俺のことを、そんなに好きじゃないから……。
　むかつく。
　どうしようもないほど、むかつく。
　俺に好きって言ってたのは、勘違いしていたのかもしれない。
　恋愛にうといから。
　幼なじみとしての好きと、恋愛としての好きを……お前は履き違えてるだけなんじゃないのか。
　そんなの俺の思いこみ……ならいいのに。
「……付き合ってない、か」
　息を吐きだす。
　結局は、俺ばっかり好きで……。
　璃子なんか、泣けばいいのに。
　傷つけてやりたい。
　めちゃくちゃに傷つけて、傷つけて……それでも俺が好きだって、泣きついてくればいいのに。
　俺がいないといやだって……すがりついてくればいいのに。
　俺って……やっぱりゆがんでる。
　そして、相当参ってる。

自分でも驚くほど参ってる。
「帰って姉ちゃんがアップルパイ焼いてなかったら、俺死ぬ」
　ふっと自嘲気味に笑ってみた。
　……いや、まじでほんとに死にそう。
　泣くくらい、璃子が俺のことを好きだったらよかったのに……。
　ケータイを開くと、通知欄に璃子の名前があってドキッとした。
　【今どこにいるの？】
　……俺のこと待ってた……のかもしれない、けど。
　そんなんじゃ、お前の気持ちなんかわかんないよ。
　迷ったものの、既読だけ付けて、返信はしなかった。

【璃子side】
　バレンタインデーまであと１日。
　机の上のチョコレートを眺めながらため息をつく。
　……渡せるわけないよ。
　彩音の言ったとおり、すれ違っちゃった……。
　すれ違い？
　ううん、違う。
　私が一方的に傷ついてるだけ。
　尚仁くんは今、私のことなんかきっと考えてない。
　わかってるのに……。
　現在、朝の８時15分。

いつもの時間に、尚仁くんは来ない。
　待ってるなんて、ばかみたい。
　それでもどうにか信じたくて、20分まで玄関で待ってた。
　でも、そのドアが開くことはなくて……。
　結局、家を出たのは８時半を過ぎてから。
　これじゃあ遅刻しちゃうかもって思うのに、なんとなく足が重くて進まなかった。
　尚仁くんのばか。
　会いたいよ……。
　ううん、今は会いたくない。
　会いたくないけど、さみしい……。
　心の中がぐちゃぐちゃ。

　校門を通る前に始業のチャイムを聞いた。
　あ、遅刻……。
　１限目、なんだっけ……。
　数学……だったら、さかティーに怒られるなぁ。
　ぼんやりと考えながら教室にたどり着いた。
　ドアを開けると……。
「宮原、めずらしいな遅刻なんて」
　教卓の前に立っていたさかティーと目が合う。
「すみません、寝坊して……」
　寝坊なんて……嘘もいいところ。
　本当は尚仁くんのこと考えてたから、朝の４時には目覚

めてた。
「そうか、これからは気をつけような。ほら、席につきなさい」
「はい」
　あれ？　あんまり怒られなかった。
　さかティー、今日機嫌いい？
　席に着く前に、彩音と目があった。
　心配そうなカオ。
　私はなんでもないよ、というふうに笑ってみせた。

　──キーンコーンカーンコーン……。
　数学の授業は身に入らなくて、気づいたら終わってしまった。
「璃子、目赤いよ！　どうしたの？　泣いたの!?」
　席を立ってこちらにやってきた彩音。
　彩音のカオを見ると泣きそうになった。
「彩音……尚仁くん、私のことやっぱり好きじゃないんだよ……」
「はぁ？　何言ってんの！　好きに決まってるでしょ!!」
「だって、昨日私のこと迎えにこないで怜奈ちゃんとしゃべってたもん……」
「菊池くん昨日学校来てたんだ？　てか、れーなちゃんて誰よ？」
「怜奈ちゃんはすっごく可愛くて、明るくて、尚仁くんのこと大好きなの……」

「いや、そうじゃなくて……いや、まぁいいや。で、そのれーなちゃんて子と菊池くんが仲よくしてたからいやだったの？」
「うん……それに、尚仁くん今朝も私のこと迎えにきてくれなかったし……」
「んー、そっかそっか」
　彩音がなだめるように私の頭をなでてくれる。
「でもね、菊池くんがあんたのこと好きじゃないなんてありえないからね？」
「…………」
　私だってそう思いたい。
　尚仁くんが好きだって言ってくれたこと信じたい。
　でも、幼なじみなのに、尚仁くんの考えてることがわからなくて苦しい……。
「すれ違いって、早めに直さないと取り返しがつかないことになるからさ、今日の放課後にでも菊池くんに会いにいこ？　あたしも付き合うから……」
「うん……ありがとう」
　彩音の優しい声に少し気分が落ち着いた気がした。
　感謝してもしきれないよ……。

　昼休み。
　トイレに行って教室に戻ってくる途中、曲がり角で誰かにぶつかった。
「ごめんなさい、ぼーっとしてて……」

「いや、こっちこそごめん……」
　その聞き慣れた声に顔をあげる。
　視線が絡んで、あっと声をあげそうになった。
「遥くん……」
「宮原……」
　ほぼ同時にお互いの名前を呼んだ。
　ちょっと気まずいけど、遥くんは変わらず笑ってくれた。
「久しぶり。尚仁とは……どう？」
「あ、それが……最近……」
「……なんかあったの？」
「……あ、ううん！　何もないよ!!」
　うっかり口にしそうになってあわてた。
　遥くんに頼ったらだめだ……。
　遥くんは優しいから、絶対心配してくれる。
　これは私の問題だから、自分でなんとかしなきゃいけない。
「宮原、目が赤いけど……」
「あはは、これは寝不足だから気にしないで？」
「……そっか」
「うん。じゃあね！」
　悟られないように素早く背を向けた。
　危ない……。
　また遥くんに甘えそうになってた。
　私の問題に遥くんを巻きこんだらだめだ……。

「起立ー、礼」
　長い長い授業が終わった。
　もう放課後だけど、尚仁くんきっとまた私を迎えにはこないんだろう。
　こわいけど……。
　尚仁くんが私のこと好きじゃなくても、会えないのはさみしいから。
　私が会いにいくしかないんだ……。
　彩音と一緒に5組の手前まで歩いていく。
「尚仁くんいるかな……」
「そんなの、開けてみないとわからないでしょ」
「こわいよ……」
　もしいたら、最初になんて言えばいい？
　一緒に帰ろう……でいいの？
　いたとしても、また他の女の子としゃべってるかもしれない……。
「ほら、開けるよ」
「ああっ、待ってよ彩音！」
　私の言葉を聞かず、彩音が勢いよくドアを開けた。
　中にいる人たちの視線を浴びる。
　おそるおそる視線をあげると、ちょうど出てこようとしていたらしく、目の前に尚仁くんの姿があった。
　……両サイドには、女の子。
「あっ……あの、尚仁くん……」
「…………」

言葉が続かない。
　尚仁くんの突き刺すような冷たい視線に早くも涙がにじみそうになる。
　でも、言わなきゃ……。
　一緒に帰ろうって……。
　じゃないと、ほんとに終わっちゃう……。
　こんなに、大好きなのに。
　いやだよ……っ。
「尚仁くん、一緒に──」
「どけよ、邪魔」
　静かな声。
　周りの空気が、しんと冷えた。
　教室にいた人たちも、みんなこっちを見てる。
　だめ、泣いちゃだめ……。
　私は……。
　尚仁くんが教室を出ていく。
　横にいた女の子ふたりが、私をちらちらと見ながらそのあとに続いた。
「ちょっと尚仁、幼なじみなんでしょ？　いいの？」
「…………」
　尚仁くんは黙ったままどんどん離れていく。
　やだ……行かないで。
　あふれてくる涙を必死でこらえた。
　行かないでよ……尚仁くん。
「……しょう、じんくん、待って……！」

やっとの思いで出た言葉。
　尚仁くんの歩みが止まった。
「もう、一緒に帰ったり……してくれないの……？」
　声が震える。
　尚仁くんは背中を向けたまま何も言わない。
　今、どんな顔してるの？
　うざがってる？
　あきれてる？
　わずかな沈黙のあと、少しだけ尚仁くんが私を振り返った。
　その瞳に、色はない。
「付き合ってないなら……一緒に帰る必要もないだろ」
「……えっ……？」
　今、なんて……？
　すぐには理解できなくて、ただぼう然とその場に立ち尽くす。
　どんどん遠ざかっていく大好きな背中。
「璃子……」
　彩音の声がどこか遠くで聞こえた……。

　彩音と一度、自分たちの教室に戻った。
　幸い、もう誰も残ってなかった。
「うぅ……っ」
　次々とこぼれてくる涙。
　彩音が抱きしめてくれたから、もう止まらない。

『付き合ってないなら、一緒に帰る必要もないだろ』
　その言葉が頭に焼きついて離れない。
　付き合ってない……？
　私はもう、尚仁くんの彼女じゃないの……？
　意味わかんない。
　ばか。尚仁くんのばか。
　きらい。
　だいっきらい……。
　本当に、そうなれたらいいのに。
　尚仁くんこと、きらいになれたらいいのに。
　こんなに冷たくされても、尚仁くんの優しさが忘れられなくて、それにすがりついてる私。
　ばかみたい。
　ほんと、ばかみたい……。

【尚仁side】
　泣いてたかもしれない。
　声が震えてた……気がした。
　俺を呼びにきたの？
　一緒に帰るために。
　俺と帰れなくて……俺が朝から迎えにいかなくて、さみしかった？
　泣いてたら、いいのに。
　俺のこと考えて、泣けばいい。
　俺のこと好きだって言って、泣けよ。

じゃないと俺は、お前に優しくできない……。

　璃子と会わないように、少し早めに家を出た。
　学校に着いて、上履きに履き替えようと靴箱を開く……と。
　中には大量の紙袋が……。
　……なんだこれ。
　ひとつ取り出してみて、ああ、と納得する。
　そういえば今日だっけ、バレンタイン。
　璃子のこと考えすぎて忘れてた。
　璃子は……くれるわけないよな。
　あんなに冷たくしたから……。
　いや、もともと俺のこと、そんなに好きじゃないみたいだし。
　何年も一緒にいたのに、バレンタインに璃子からチョコもらったことなんてない。

　教室に行くと、俺の机にチョコレートの山ができていた。
　その周りに男子の人だかりができている。
「尚仁、この量ありえねぇよお前」
　何がおもしろいのか、岬が笑いながらケータイで俺の机を写メっていた。
「ばか、撮んな」
　俺は岬の手からケータイを奪う。
「あ、ほんとありえねぇわお前。返せ」

冗談っぽくつかみかかってくる岬。
「ねぇ、しょーくん」
　俺にだけ聞こえる声で、岬が耳元でささやく。
「俺、昨日見てたけどさ、アレはほんとありえないわ、まじで」
「……なんの話」
「わかってるくせに」
　にこっと笑って、岬が俺から離れた。
　いつの間にかケータイは岬の手に戻ってる。
　ありえない、ね。
　俺もそう思うよ。
　……俺、やばい。
「でもさぁ、岬クン。俺、ずっと片想いしてる気分なんだよ」
「……まぁ、せーぜー苦しんどけば？　俺は知らない。バレンタインの時だけはしょーちゃんに優しくできない性分でさ」
「お前はそういうやつだよなぁ」
「まぁ、ひとつ言うなら、しょーちゃんてなんにもわかってないよね。好きな女の子の気持ちくらい、わかるようになろうよ」
　……それなら、いやというほど思い知りましたが。
　俺が怜奈ちゃんと話してても妬かないし、イヤなカオひとつしないし。しまいには「付き合ってない」とか……。
　もう俺のこと、そんなに好きじゃないんだ璃子は。
　俺、こんなにお前のこと好きなのに……。

1日中、チョコを受け取っていた気がする。
　とても持ち帰れる量じゃないから、いったんロッカーの中に移した。
　学校で少しずつ消化していけばいいだろ……。

　放課後、怜奈ちゃんが教室に来た。
　俺を見て、気まずそうに笑う。
「あの、これよかったらもらってください。もう、いっぱいもらってるかもしれないけど……」
「ありがとう」
　受け取ったあと、何か言いたそうに視線を向けてくる。
「……一緒に帰る？」
「えっ？」
　心底驚いた表情。
　いや、俺が一番驚いてる。
　無意識だった。
　なんで……なんてこと言ってんだよ。
　俺、もしかしてさみしいの？
　心の中で笑った。
「……宮原センパイの代わりですか？」
　思わぬ言葉に固まる。
「この前は疑ってすみませんでした。菊池センパイ……宮原センパイのこと好きなんですよね」
「……なん、でそう思うの」
「センパイが一昨日、とても傷ついたカオをしたから。あ

たしが疑ったとき、センパイが見たことないくらいつらそうだったから……」
「…………」
「一瞬で気づきました。暗かったけど、いやってくらい、わかった。宮原センパイには勝てないって思い知らされたから、悲しくて……わざと訂正しなかったんです。すみません……」
　なんて言っていいかわからなかった。
　ただ、ださいなって思う。
　璃子に冷たくしておきながら、心の中じゃずっと璃子を求めてる。
　恋愛に関しては器用だと思ってた。
　ばかみたいだ。
　ひとりの女の子のために、こんなに悩むなんて。
「あの、菊池センパイ。今すぐ昇降口に行ってください」
「……昇降口？」
「宮原センパイがいたんです。絶対、センパイのこと待ってるんだと思います」
「璃子が……？」
　俺のこと、待ってる？
「そんなこと……」
「あたしにかまってないで、早く行ってください。ね？」
「怜奈ちゃん……ありがとう」
　教室を出た。
　自然と足が速くなる。

昇降口……。
　ほんとに璃子が？
　気が焦る。
　ほんとにいたとして、俺を待ってる保証なんてどこにもない。
　工藤とか、もしくは、遥とか……。
　だって、あんなに冷たくしたんだ。
　璃子なんか泣けばいいって、傷つけようとして……。
　こんなひどいやつを、まだ待っててくれるわけ……ないだろ。
　階段をおりる。
　1段ごとに、わけがわからない緊張が増していく。
　おりきったところで、璃子を探した。
　見慣れた姿が目に入る。
　心臓が大きく鳴った。
　ひとりで、うつむいて……誰かを待ってる。
　俺はゆっくり近づいた。
　気配に気づいた璃子がハッとしたように顔をあげる。
　目が合ったとたんにうつむいた璃子の腕をつかむ。
　ガサッと音がした。
　……品のいい紙袋。
「何してんの」
「……待ってた」
「誰を」
「し……尚仁くん、を」

震えた声。
　俺はたまらなくなって璃子の腕を引っぱって、歩きだす。
　階段の裏に連れこんで、いったん手を離した。
　もう一度向き直ると、璃子はせきがきれたように泣きだした。
「なんで泣くの」
「……尚仁くんが……私のこと……好きじゃ、なくなったからぁ……」
　……は？
「何言ってんの、璃子」
「尚仁くん……私のこと、嫌い……なんだよね……？」
　……わけがわからない。
「意味わかんねぇよ。お前の方が俺のこと、そんなに好きじゃないくせに」
　潤んだ瞳で、悲しそうに俺を見あげてくる璃子。
「……きだもん」
　ドキッとする。
「何、聞こえない」
「好き……大好き。尚仁くんが……」
　もう……ほんとにわけわかんないよお前……。
　気がついたら抱きしめてた。
　いったん身体を離して、唇を奪う。
「俺はお前のこと、どうにかなりそうなくらい……好き」
「他の女の子と、帰ってた……じゃん」
　弱々しい声。

「帰らないでって言えなかった。ずっと……本当は」
　泣いてるからうまく聞き取れない。
　でも……。
「妬いてたの？」
「うん……」
「それなら、そう言えよ」
「き、嫌われると思って……」
「ばかじゃねぇの……」
「ばかじゃないし……んんっ」
　璃子の唇を塞ぐ。
　優しく、何度もキスを落とす。
　ここ何日も触れてなかったせいで、止まらない。
「……っん……や……ぁ」
　赤い頬。潤んだ瞳。
　……やばい。ほんとに止まんねぇ。
「……尚仁くん、待って……」
「無理」
「まだ、聞いてないことある……」
「…………」
　その言葉に仕方なく身体を解放する。
「なんで……私と付き合ってるってみんなに言おうとしないの……？」
　不安そうな声。
　もしかして、こいつが不安になってたのって……これ？
　だとしたら、すれ違いも本当にいいところだ。

「言ったら、お前が傷つくと思ったから……」
「えっ……？」
「付き合ってるってバレたら、いやがらせ受けたりしないかって不安だったんだよ」
「そんな、こと……」
「あるよ。中学の頃の、忘れたの？　お前、俺のこと好きなやつにいやなことされただろ」
「…………」
　何も言わないで、ぎゅっと抱きついてくる璃子。
　俺の胸に顔をうずめて、
「……ありがとう。大好き」
　だなんて言うもんだから……。
　俺……。
「璃子、続きしよ」
「あっ、待って！」
「まだ何かあんの」
「これが１番大事なの！　受け取ってよ……」
　すっかり忘れていたこの紙袋の存在。
　受け取って、実感する。
　好きなやつからのチョコって……やばい。
「さんきゅ。帰ってから食べる」
「えっ、今食べないの……？」
「……お前、自分も味見したいだけだろ」
「うっ……」
　……図星かよ。

相変わらずだなほんとに。
「今はそれよりも、お前の方を食いたいな」
　冗談で言ったつもりなのに真っ赤になる璃子。
　だから、俺、もう……。
「ひゃっ!?　待ってよ！　ここ一応学校……！」
「はいはい」

　そんなこんなで……。
　俺が生きてきた中で1番甘いバレンタインデーが幕を閉じた。
　うん、大丈夫。
　今日はキスしかしてません、が……。

　帰ってから開けてみた、璃子からのチョコレートには……。
　ハートの形の真ん中に書かれた英語の文字。
"The gift in return, please kiss"
　お返しはキスしてね……か。
　パシャ、と写真に撮る。
　ホワイトデーに証拠となるように。
　たぶん璃子のことだから、気づかないで買ったんだろうから。

　でも次は……。
　キスだけじゃ……止まんないかもしんないな。

1か月後のホワイトデー。
この話はまた、別の機会に。

書籍限定番外編2

彩音Story

「ねぇ……あたしといる時くらいメガネ外してよ」
　そう言って伸ばした右手は、今日も優しく振り払われた。
　あたしは彼を軽くにらみつける。
「べつに、触ろうとか思ってないし。メガネ外してあげようって思っただけだもん」
「外さなくていいから。つーか、外すな」
「なによ、ダテメのくせに！」
「メガネしといた方が教師っぽいし、頭よく見えるだろ？　それに……」
「それに？」
「……いや、なんでもないよ」
「…………」
　不意に視線が絡む。
　だけど、相手はすぐにあたしから目を逸らした。
　逸らしたまま、静かに問いかけてくる。
「お前、いつまでここにいるつもり？」
「……先生がの仕事が終わるまで」
「……俺煙草(たばこ)吸いたいから、そろそろ帰りな」
「煙草なんてやめなよ。体に悪いよ？　早死にしちゃうよ？」
「体に悪いのなんて知ってるよ。だからお前の前では吸わないようにしてるんだろ」
「先生が生徒の前で煙草吸わないのなんて常識だもん」
「はいはい。ほら、俺今日は仕事たくさん残ってるから、もう……」

「……わかった、帰る」
　あたしは立ちあがる。
　ほんとはもっと一緒にいたい、けど……。
　わがまま言って嫌われちゃったりしたらいやだし。
　ここではちゃんと、聞き分けのいい生徒でいないといけない。
「ね、先生」
「なに？」
「大好きだよ」
「はいはい」
　相変わらず「好き」は返してくれないから時々不安になったりもするけど……平気。
　先生があたしのことちゃんと考えてくれてるの、知ってるから。
「じゃあまた明日、先生」
「……彩音。明日の放課後は、俺空いてるよ」
「えっ」
　めずらしいその言葉に、自分の顔がとたんにゆるんでいくのがわかった。
「ほんとに？」
「ああ」
「ここ、来ていいの？」
「放課後ね」
　どうしよう。今すぐ抱きつきたい。
　大好きって想いがあふれだして止まらない。

あぁ、もう帰りたくなくなっちゃうじゃん!!
「先生、帰る前にもっかいあたしの名前呼んで?」
「彩音?」
　なんで疑問形になるのかわかんないけど……普段は苗字呼びだから、「彩音」って呼ばれると新鮮でドキドキしちゃう。
「もっかい!!」
「調子に乗るな」
　ちぇっ、冷たいの。
　……でも、明日の放課後!
　先生のこと久々に独占してやる……!
「そのだらしない顔どうにかしろ」
「無理ー!　嬉しすぎてどうしたってにやけちゃう」
「ったく、お前は……」
　あきれたように笑う先生。
　この笑顔は今あたしに向けられてるんだって思うと、胸がぎゅうっと締めつけられたみたいになる。
　抱きつきたい。
　先生に触りたい。
　なんでこんなに好きなんだろ?
　なんで……先生なんだろ。
「先生……」
「ほら、早く帰った帰った」
　その時だ。
　──コンコン。

すぐ背後で部屋のドアをノックする音が聞こえた。
「失礼します……」
　入ってきたのは、あたしと同級生の女の子。
　クラスは違うけど、何度か見かけたことがある。
　さらさらのロングヘアーに、大きな瞳。
　可愛らしくも品のある顔立ちだから、男子にけっこう人気がありそう。
　たしか、名前は……。
「朝倉(あさくら)。どうした？」
　そうそう、朝倉葉月(はづき)ちゃんだ。
　朝倉さんの手には筆箱と、数学の教科書。
「堺先生にちょっと質問があって……」
　彼女は長いまつげを伏せながら、遠慮がちにそう言った。
「何かわからない問題でもあったか？」
「はい……。あ、でも……」
　ちらりとあたしを見た朝倉さん。
　その視線に先生も気づいたようで……。
「ああ、工藤のことなら気にしなくていいぞ。もう帰るとこだったから。な？」
「あ、はい……」
　とりあえず返事をするけど、なんか気に食わない。
　仕事がたくさん残ってるって言ってあたしを早く帰らせようとしてたのに、朝倉さんのことはちゃんと相手するんだ……。
　まあ、そりゃ生徒が質問に来たら答えないわけにはいか

ないだろうけどさ。
　愛想よく笑って、にこにこして……。
「じゃあ工藤、気をつけて帰りなさい」
　ついさっきまであたしのこと名前で呼んでた先生はきれいに消え去ってる。
　完全に、"みんなのさかティー"だ。
「……先生、失礼しまーす」
　あたしもただの生徒に戻って、数学準備室をあとにした。
　ちょっとだけモヤモヤする。
　廊下を歩きながら、先生と朝倉さんがいるその部屋を一度だけ振り返った。
　あの狭苦しい空間に、ふたりきり……。
　しかも、結構可愛い子と。
　先生、朝倉さんのクラスにも授業行ってるのかな……。
　そんなことをぼんやりと考える。
　だけど、不安になることなんてない。
　あたしは、先生の彼女。
　堺祐介先生の、彼女……。
　そう自分に言い聞かせる。
　キスも、したことないけど。
　手をつないだことだって、ないけど。
　ほとんどふたりでは会えないけど。

『先生の声って、松浦に似てるよね』
『あぁ、兄弟なんだよ、実は』

『ええっ！　それあたしに言ってよかったの!?』
『んー。工藤ならいいんじゃない？　みんなには内緒な？』
　……始まりも、歪(いびつ)だったけど……。

　教室に戻ると、誰もいなかった。
　時計を確認してみれば、もう６時をまわろうとしている。
　長居したつもりはなかったけど、結構時間は経っていたらしい。
　好きな人と過ごしてると、時間ってあっという間なんだよなぁ……。
　開いた窓から、野球やテニス部などの部活動生たちの声が聞こえてくる。
　戸締まりしてから帰ろうと窓側に歩み寄ると、角の席に置いてある荷物が目にとまった。
　……松浦のだ。
　頭はあんまりよくないけど、いつもクラスの輪の中心にいて、へらへらとした笑顔が印象的な、松浦浩人(ひろと)。
　先生の……腹違いの弟。
　このことを知っているのは、生徒ではあたしだけ。
　聞いたときはびっくりした。
　声は似てるなって思ってたけど、苗字も違うし、年も離れてるし……。
　うん。先生は29。松浦は17。
　イコール、あたしと先生も12歳差……。
　まぁ、それは気にしなくていいや。

あたしがクラスの中で一番苦手としてるやつ。
　まだ学校に残ってるなんて……。
　こんな時間まで何してんだろ？
　部活には入ってないはずだ。
　委員会とか……？
　べつになんだっていいけど、松浦が教室に戻ってくる前にとっとと帰ってしまわないと面倒なことになる。
　松浦とは関わりたくない。
　だって松浦は──。
「──へえ、ちゃんと戸締まりして、えらいじゃん」
　突然聞こえたその声に、ドキリとして振り返る。
　しっかりと目が合うと、相手はにっこり笑ってみせた。
　……いつのまに。
　足音なんて聞こえなかった。
　気配なんか少しも感じなくて……。
　やっぱりこいつ、なんか気に食わない。
　何考えてるかわかんないし、向けられてるこの笑顔だって、完璧すぎて胡散くさい。
「って、おいおい彩音ちゃん！　待てよ！」
　無視して教室を出ていこうとしたら、腕をつかまれた。
　柔らかく笑ってるくせに、つかんでる力は相当強い。
「……痛いんだけど」
　そう言ってにらみつけると、
「あ、悪い」
　力を弱めはするものの、手は離してくれなかった。

「……なんなの」
「じつは俺、彩音ちゃんのこと待ってたんだ」
「なんで」
「いつも俺にばっかり冷たいから」
「理由になってない」
「立派な理由だよ」
「どこが」
　あたしがそう聞き返したところで、松浦は急に口をつぐんだ。
　真顔に戻ったかと思うと、今度は少しゆがんだようなあやしい笑みを浮かべて、静かにあたしを見おろしてくる。
「まだわかってないの？　俺、何回も言ってんのに」
「…………」
　わかってないんじゃなくて、わかりたくない、だ。
「俺のこと信じてよ」
「信じれるわけないでしょ。あんたみたいな意味不明なやつの言ってることなんて」
「意味不明でいいから、いいかげん信じてほしいな」
「わけわかんない」
　松浦のあたしの腕をつかむ力が再び強くなった。
「好きだって……何回も言ってんのに」
「…………」
　低くかすれた声に、不覚にもドキッとした自分がいやになる。
　でも、しょうがない。

松浦の声は、先生の声にとても似ているから。
　似ているっていうか、驚くくらい、おんなじ。
　そうは言っても……。
　松浦のこの言葉なんか、聞き飽きてるっていうのに。
　ドキッはないでしょ、あたし……。
　やっぱり松浦って気に食わない。
「……帰る。離して」
　あたしは松浦の手を振り払った。
「待ってよ彩音ちゃん」
　無視して教室を出ると、松浦は追いかけてくる。
　……しつこいなぁ。
「俺と付き合おうよ」
「無理」
「なんで」
「そんなへらへらした顔で言われても信用できないし」
「じゃあ、次はちゃんと真面目な顔で言うから」
「ほんと、ばかじゃないの」
「うん」
　いや、うんってなんだよ。
　返答おかしくない？
「松浦と話してると頭変になりそう」
「ごめん」
「…………」
「けど、好きなんだってば」
「もういい」

「彩音ちゃん……」
　そんな落ちこんだふりしても、あたしは動じない。
　松浦は、面白がってるだけ。
　松浦に興味がないあたしを、どうにかしてオトしてみたいんだと思う。
　こんなことを考えるのは、あたしがひねくれてるとかじゃ決してない。
　松浦のことはどうしても信じられない。
　だって松浦は……ひどいやつだから。
　あたしはそれを、知ってるから。
　……松浦浩人のことを、ずっと前から、誰よりも。

　次の日。
　待ちに待った放課後。
　今日は先生と長い時間一緒にいられるんだ。
　そう考えただけで自然と頬がゆるんでくる。
　急いで荷物をまとめていると。
　──ガラッ。
　ドアを勢い良くスライドさせる音が教室に響いた。
「璃子」
　入ってくるなり、優しい声であたしの親友の名前を呼ぶ菊池くん。
　今日も今日とて、このふたりはラブラブだ。
　菊池くんのところに向かう前に、璃子があたしのところにやってきて笑いかけた。

「数学、がんばってね彩音！」
「うん。ありがと」
　さかティーに数学を教えてもらう。
　一応そういうことになってる。
　あたしがさかティーと……堺祐介先生と付き合ってるなんて、言えるわけないし……。
　璃子を信用してないんじゃなくて、璃子には余計な心配かけたくないから。
「じゃあ彩音、またね」
「おう、また明日」
　手を振って、璃子が菊池くんと教室を出ていく。
　あたしもそろそろ数学準備室に向かおうと、スクバを持って立ちあがった。
　その時。
「帰んの？」
　すぐ後ろで聞こえた声にビクッとする。
　声ですぐ誰だかわかったから、あたしは振り向かないでそのまま教室を出ていこうとした。
「待てよ」
「いやだ」
「一緒に帰ろう」
「意味わかんない」
　腕をつかまれる。
「離して」
　にらみつけると、松浦はパッと手を離して、笑った。

「やっとこっち向いた」
「…………」
　はーっと長いため息が出る。
「今日は、なに」
「だから、一緒に帰ろうって」
「無理」
「なんで」
「用事があるから」
　松浦の顔を見あげて、はっきりそう告げる。
　うわ、意外と身長高いな、なんて余計なことを一瞬だけ考えた。
　上から目線、むかつく。
「用事って……数学準備室？」
「えっ？」
「違うの？」
「ち……」
　言葉に詰まった。
　なんで松浦が？
　冷静を装いながらも、頭の中は瞬時にパニックに陥る。
　……ドク、ドク……。
　心臓が妙な音をたてる。
　まさか、先生、松浦に話して……。
　いや、ない。
　そんなこと、しないはず。
　いくらふたりが……、

「兄貴が昨日、俺に、彩音ちゃんのこと聞いてきたんだけど……」
　兄弟だからって……。
　……って、えっ？
　松浦、今なんて言った？
「先生が、なに？」
「だから、彩音ちゃんのことを聞いてきた」
「だから、その中身！」
　思わず大きな声になってしまって、まだ教室に残ってた数人がこちらを向くのがわかった。
　なんだなんだ、と興味を示す男子のグループが視界の端に映る。
　それもそのはず。
　あたしと松浦は、普段みんながいる中ではほとんど話したりなんかしないから。
　放課後とか、ひと気がない時間にだけ、松浦は一方的にあたしに話しかけてくる。
「……知りたいの？」
　にやり、と笑う松浦。
　うん、と素直にうなずくのにはなんとなく抵抗を感じたけど、ここで意地を張るのは子供っぽい。
「教えてよ」
「んー、どうしよっかな」
　表情を変えずに、また松浦が笑う。
　なんか楽しそうでさらに腹が立った。

「早く言ってよ」
　答えを急かすと、松浦はいきなり顔を近づけてきた。
　突然のことに身動きできないあたしに、松浦は耳元でささやく。
「俺にキスしてくれたらいいよ」
「……っ」
　ばかじゃないの。
　なぜか、言葉にはならなかった。
　一瞬でもドキッとして、余裕を手放してしまった自分が悔しい。
「教えてくれないなら、いい」
　あたしは今度こそ教室に出た。
　松浦が追ってくる気配はない。
　だんだんと早足になる。
　松浦、松浦、松浦……。
　気持ち悪いほど、頭の中が松浦浩人でいっぱいで。
　そんな自分に戸惑った。
　やっぱり松浦は苦手だ。
　話したくなんかない。
　ドキドキしたのは、先生に声が似てるから。
　松浦なんか、嫌い。
　ほんとに、大っ嫌い。
　中学の時から……ずっと。

『数学準備室』と書かれたプレートを目にして、そこでやっ

と安堵のため息が出た。
　気分を切り替える。
　その時、中から話し声が聞こえてきて、あたしはノックしようと伸ばした手をいったんおろした。
　誰かいるの……？
　そっと耳を澄ますと、会話の内容は聞き取れないけど、相手が女の子であることがわかった。
　ふふっ、と控えめで上品な笑い声が聞こえる。
　この、声の感じ……。
　気づいたらドアを開けていた。
　ノックもしないで……ほとんど無意識に。
　目に入ったのは、先生と、その向かいに座る予想通りの人物。
　朝倉さんをなるべく視界に入れないようにして、先生だけを見つめた。
「遅かったな、工藤」
「…………」
　遅かったな、じゃないでしょ。
　なんで朝倉さんがいるの？
　今日は会えるって……言ったじゃん。
　いや、会えてるけど、ふたりきり……じゃない。
「高次方程式、朝倉と一緒にお前も習っていくか？」
「えっ……」
　一緒に？
「工藤さん、堺先生って、すっごくわかりやすいよ？」

にっこりと可愛らしい笑顔を浮かべてそう言ってくる朝倉さん。
　や、先生がわかりやすいことなんてあんたに言われなくてもわかってるし……。
　いやな思考が頭の中を駆けめぐる。
「工藤、とりあえずそこの椅子に座りなさい」
「あ、うん……はい」
　いつもあたしが座ってる椅子には、朝倉さん。
　あたしはその横の背もたれがない丸椅子に黙って腰をおろした。
　ギ……ッと椅子が軋(きし)んだ。
「これで、この１の式を３の式に代入してな……」
「はい……」
　目の前で行われる、ふたりのやり取り。
　あたしは先生のシャープペンの動く先をただ見つめる。
　説明なんて、ぜんぜん頭に入ってこない。
　あたし、何してんだろ……？
　ギ……ッとあたしの椅子が再び音を鳴らした。
　気づいたら、立ちあがっていた。
「どうした？」
「帰る……帰ります」
「え？　おい、あや……工藤」
　とっさにあたしを下の名前で呼ぼうとした先生にドキッとしたものの、先生の目は見れない。
「あ、ごめん工藤さん……。わたし……」

「なんで朝倉さんが謝るの」
「えっ……？」
「いーよ朝倉さんは気にしなくて。あたしは用事思い出したから帰るだけだし……」
　こんな嘘……なんか自分がみじめになってくる。
「あ……ごめん、工藤さん」
　また謝った……。朝倉さんて天然なのかな。
　いちいち突っこみはしないけど。
　先生は何も言わない。
「じゃあ、失礼します」
　部屋を出て、バタン、とドアを閉めた。
　ふぅ……。
　うつむいたまま、また、ため息。
　あたし、最近ため息多い……。
　そう思って、自嘲気味にふっと笑ってみた。
　そして、顔をあげる……と。
「……えっ」
　小さく声をあげてしまう。
　目の前に、人が立ってたから。
　近すぎて、焦点が合うのに少し時間がかかった。
「ま……つうら、くん」
「ぶはっ。なんでくん付け？」
　面白そうに笑う、彼。
　なんで、いるの……？
「そういえば彩音ちゃん、中学の時は俺のこと松浦くんっ

「て呼んでたよね」
「そ、だっけ……」
　ああ、たしかにそうだったかもしれない。
　でも、そんなことなんでいちいち覚えてるの……。
「もう用事は終わったの？」
　目を細めて、どこか楽しそうにそう尋ねてくる。
「……終わったけど」
「そう」
「うん……」
　よくわからない会話。
「もう1個聞いていい？」
「えっ？」
「なんで、彩音ちゃん、そんな泣きそうなの？」
「……は、そんなこと……ないし」
「答えになってないよ」
　松浦の手が頬に触れて、ビクッとする。
「なんか、いやなことあったの？　……兄貴と」
　……ドキッ。
　頬に優しく触れたまま、松浦は顔をのぞきこんでくる。
　や、なに……。
　近いし……。
「ね、俺と付き合おうよ」
「……なに……」
　言ってるの……。
　言葉は最後まで続かなかった。

突然、視界が暗くなる。
　──ちゅ。
　小さな音を立ててから、ゆっくりと離れる……松浦の顔。
　えっ……。
　あたしは動けない。
　今……唇が、触れた……？
「今日は俺のこと、振り払わないのな」
　低くて、どこか甘い声。
「キス、いやだった？」
　頭がうまく回らない。
　あたし今、どんな顔してる？
　ただぼんやりと松浦の瞳を見つめる。
「初めてじゃないんだから、そんなに驚くなよ」
「え……」
「したでしょ、中学の時、俺と」
　頭がクラっとした。
　ごちゃごちゃした脳内に、中学の頃の松浦とあたしがいた。
　記憶の中の松浦は相変わらず笑っていた。
　今と比べると少し幼い感じがするけど……。
「松浦は、なんでいつも笑ってるの」
「俺、そんなに笑ってる？」
「うん」
「そんなことないよ」
「笑ってるじゃん。中学の時も、今だってずっと」

自分が何を言いたいのかよくわからない。
　あまり思い出さないようにしていた中学時代の松浦と今目の前にいる松浦を重ねて、笑い方は変わってないんだな……って思った。
「俺は彩音ちゃんの前でしか笑わないよ」
　少し調子が変わって、落ち着いた声で松浦は言った。
　あたしの前でしか笑わないって……何をばかなことを。
　クラスでだって、休み時間は松浦の笑い声が絶えないってのに……。
「彩音ちゃん」
　視線が絡む。
　あっと思った時には、もう遅いのかもしれなかった。
　だけど、本気で逃れよう思えば逃れられる距離だった……のに。
　あたしは黙ってその唇を受け入れた。
　さっきよりもゆっくりで、丁寧で、優しく包みこむようなキス。
「……っ……ん」
　胸が痛い。
　唇から伝わる熱に、あたしはわけもわからず泣きそうになる。
　中学時代の甘くて痛かった記憶が、不意によみがえってきて……。
　扉1枚を隔てた向こう側。
　部屋の中からわずかに聞こえていた先生の声は、すべて

松浦でかき消された。

　翌日、松浦はいたって普通だった。
　朝あたしと目が合うと、いつものよう「おはよう」と笑って、それ以外ではしゃべりかけてこなかった。
　昨日のキスなんて、松浦はもう忘れているのかもしれない。
　昔からそんなやつだ。
　かつての菊池くんほどまではないにしても、遊び人としてのタチの悪さでは松浦の方がだいぶ上をいってる。
「……今日の連絡事項は以上」
　カタン、と先生が出席簿を机に立てる音がした。
　終礼中、あたしは目が合ったりしないようにずっと下を向いていた。
「じゃあ気をつけて帰るようにな」
　先生のその言葉を合図に、日直が号令をかける。
「起立ー、礼」
　とたんにさわがしくなる教室。
　あたしは下を向いているにもかかわらず、意識は先生に集中してしょうがなかった。
　なんとなく視界の端に先生の足元をとらえた。
　ああ、早く教室出て行ってほしいのに。
　心の中でため息をついて目を閉じた。
　──その時。
「工藤」

あたしを呼ぶ声。
　一瞬、松浦かなと思った。
　このふたりの声は本当に似ていて、区別がつかないことがあるから。
　それに、今日は先生だってあたしに話しかけたくないだろうって勝手に考えてたから。
　でもよく考えれば、松浦はあたしを苗字で呼んだりしない。
"彩音ちゃん"って、じつになれなれしい呼び方であたしを呼ぶ。
　……中学の時からずっと。
「工藤。進路の資料運びを手伝ってほしいんだ。今から……時間空いてるか？」
　いつの間にかすぐ近くにあった先生の影。
　おそるおそる顔をあげると、少し気まずそうな表情の先生と目が合った。
「今日は……塾があって」
　これは嘘じゃなかった。
　だけど。
「今日の塾は7時からだろ？」
　今は5時だから、手伝って帰る時間はある。
　そう言いたいんだろう。
　あたしの彼氏である先生は、あたしの放課後の1週間の予定はすべて頭に入っているらしい。
「……わかりました。手伝います」

小さく答えた。
　ここは教室。
　あたしはあくまで、ただの生徒。
　静かに自分に言い聞かせる。
「彩音ちゃん」
「わっ」
　すぐ後ろで聞こえたその声に動揺した。
「俺も手伝いたいな〜。堺せんせ？」
　あたしの後ろから顔をのぞかせる松浦。
　いつのまに。
　ていうか、聞いてたの……？
　ていうか、手伝うって……。
　耳元で声が聞こえて、どうも落ち着かない。
　後ろに立つの、やめてほしい。
「松浦」
「えっ」
「えっ？」
「いや、彩音ちゃんがちゃんと俺を振り返ったからびっくりした……」
「はぁ？」
　意味がわからない。
　わからないけど、少しだけ胸がくすぐったいような……なんか変な感じ。
「ね、俺も行っていいっしょ？」
　そう言う松浦に、先生は少し間をおいてうなずいた。

先生、あたしとふたりになりたいわけじゃないの？
　うっかり口にしそうになって焦る。
「じゃあ、ふたりともおいで」
　先生に促されて、あたしたちは並んで教室を出た。

　資料室はカーテンが閉まっていて少し埃っぽかった。
　長年整理されていないらしく、無造作に積まれた資料が散乱している。
「去年の進路のしおりがどっかにあるはずなんだよ」
　そう言いながら先生が電気をつけた。
　探そうと棚を見渡すけど、資料という資料が山積みになってて、どれがどれだかわからない状態。
「進路のしおりって、見た目どんなのですか？」
　とあたしは問う。
「たしか緑で、結構分厚い感じの……」
　緑って言ってもたくさんあるし、そんな簡単に見つからなさそう……。
　そう思いながら棚をひとつひとつ確認していると、
「あ、これじゃね？」
　松浦が右角の棚の前で立ち止まった。
　あたしは近づく。
　見ると、たしかに「進路のしおり」と書かれた緑の冊子が棚の1番上に積まれていた。
「くそっ、こんな高く積むなよな」
　松浦がそれをとろうと腕を伸ばした、その時。

ザザッ……と本の山が崩れる音がして。
　　あ、これやばい……かも。
　　こちらに崩れて落ちてくる大量の資料が見えて、反射的に目をつぶった。
「彩音ちゃん……！」
「彩音っ！」
　　松浦と先生の声が重なる。
　　あたしはバランスを保てなくなって、無様にもその場に倒れこんだ。
　　バサ、バサッと鈍い音がすぐ耳元聞こえた。
　　床の冷たさに、背中がひやりとした。
　　だけど、身体に痛みはなくて……。
「彩音、浩人、大丈夫か！」
　　先生、素に戻ってる……。
　　『弟』と『彼女』の前だからか……。
　　なんて、どうでもいいことを考えながら、あたしはうっすらと目を開いた。
　　その直後、固まる。
　　目の前には、松浦の顔面（ドアップ）。
　　あたしの両サイドに腕をついた状態で、
「……いってえ」
　　きれいな顔を少しゆがませながら松浦が小さくつぶやいた。
　　あたしは、そこでようやく状況が飲みこめる。
　　かばってくれた、んだ。

近すぎる距離に、なんとなく心臓が落ち着かない。
「彩音ちゃん、平気？」
「あ、うん。おかげさまで……」
「そう、よかった」
「松浦、あ……」
「……あ？」
　不思議そうにな顔で見つめられて、急に体が熱くなった。
　ありがとうって言いたいのに、なぜか声にならない。
　……この態勢が悪い。
　松浦から逃げるように視線を逸らすと、こちらを見おろしていた先生と目が合った。
　無表情で、心の中は読み取れない。
「ま、松浦。そろそろ離れてよ……」
「あ、ああ、ごめん」
　松浦が慌てたように立ちあがった。あたしも態勢を立て直しながら埃を払う。
「浩人」
　先生の静かな声が資料室に響いた。
　松浦は噛みつくような視線を先生に向ける。
「やっぱり、彩音とふたりにしてくれないか」
「……いやだって言ったら？」
「力ずくでお前をここからひきずり出すよ」
「はっ。教師のくせにそんなことしていいのかよ」
「問題ない。教師である以前に、俺はお前の兄だから」
「…………」

突然始まったこのやり取りに、ただでさえ陰気くさい空間がさらに重苦しくなっていく。
　ふたりがにらみあう間であたしはビクビクしながら経過を見守るしかなかった。
　先に沈黙を破ったのは先生の方。
「……頼むよ、浩人。今日だけだから……今日だけ、俺の言うこと聞いて」
　ドク、とあたしの心臓が音を鳴らした。
　いつもと声の調子が違う……。
　松浦と……弟と話してるから？
　……ううん、そうじゃない。
　よくわかんないけど、悲しい響きがした。
　チッ、と短い舌打ちが聞こえたかと思うと、松浦はそのまま無言で出ていってしまった。
　残されたあたしと先生の間には、妙に重たい空気が流れる。
「先生、どうしたの？　そんなに、あたしとふたりになりたかった？」
　冗談ぽく笑って言ってみた。
　頭をよぎった嫌な予感が現実になることが怖かった。
「彩音。昨日は、ごめんな」
「…………」
　なんで、今、そんな悲しそうな顔して謝るの？
　あたしが聞きたいのはそんな言葉じゃないのに。
　昨日のことなんてもう気にしてないから……先生はいつ

もみたいに他愛のない話をしてくれるだけでいいのに。
「あのさ、彩音。俺はお前が思ってるよりも、かなりお前のこと好きなんだと思うよ」
「……えっ？」
　初めて聞いた、先生からの「好き」。
　喜ぶべき言葉なのにそれができないのは、先生の表情があまりにもさみしそうだったから。
　ぎゅう、と胸が苦しくなる。
「他の男に組み敷かれてるお前を見るのは、正直、相当こたえた。相手が、俺の弟だったとしても……いや、弟だったからかな」
「……あははっ、なにそれ。第一、組み敷くって……」
　軽く笑いとばしたつもりなのに、あたしの笑顔は徐々に引きつっていく。
　先生の考えてること、言わんとしてることがわからない。
「……俺たち、少し距離をおこうか」
　心臓がまた、冷たい音を鳴らした。
　先生は松浦みたいな笑顔をあたしに向けた。
「いみ、わかんない……。なんでそんなこと言うの？　朝倉さんのこと好きになったの？」
「そんなわけないだろ。俺は彩音しか見えてないよ」
「じゃあなんで……！」
　わけがわからなくなって叫んだ。
　半ばすがるような思いで先生を見あげる。
「彩音の気持がわからないから、かな」

あいまいに笑いながらそう言うと、先生は胸ポケットから煙草を取り出した。
「ごめん、ちょっと吸わせて」
「…………」
　窓が開けられると、グラウンドから部活動生たちの声が流れこんでくる。
「あたしの気持がわからないって、なんで？　いっつも伝えてたじゃん」
　好きだって。大好きだって。
　先生が好きを返してくんなくても、ずっと……。
「俺がなんでお前の前でメガネ外したがらなかったか、わかる？」
「えっ？」
　次から次へと放たれる予想外の言葉に、思考が追いつかない。
「外してやるよ、今から」
　吐き出された白い煙が窓の外に消えていく。
　煙草を持ってない方の手で、ゆっくりとそれは外された。
　あたしは一瞬、息が止まった……気がした。
「どう？　なかなかにそっくりだろ、"松浦浩人"と」
　そうやって再び見せられたその笑顔に、思わず目をそむけた。
　心臓が静かに音をたて続ける。
「ふ、双子みたいだね……びっくり。先生、童顔にもほどがあるよ……」

「ははっ。父親は違うのに、おかしいよな」
　どこか乾いた笑い声。
　なんか……もう聞きたくない。
　そんな悲しそうに、笑わないで……。
「あのさ、彩音。浩人は、お前のこと本当にずっと……好きだったんだよ」
「えっ……」
　今度はいったい何を言いだすの……？
　先生の瞳が揺れた。
「彩音が俺を好きになったのは、浩人に似てたからじゃないのか……？」
　ぐらり、と世界が揺れた気がした。
　先生の悲しい笑顔がぼやけて見えた。
　あたしの目から熱い水滴がこぼれ落ちる。
「……もう、帰る」
　気がつけば資料室を飛び出していた――。

　４年前――。
『工藤彩音ちゃんだよね？　俺、松浦浩人っていうんだけど、俺たち付き合わない？』
　初対面で、へらへらと笑いながらいきなり何を言いだすんだろうと思った。
"松浦浩人"
　名前だけは知っていた。
　いい意味でも悪い意味でも、女子の間でかなり有名だっ

たから。
『俺たち付き合わない?』
　そんな軽い言葉にあたしが取り合うわけなかった。
　第一、あたしの名前を確認しながら話しかけてくる時点でおかしい。
　そのことを指摘すると、案の上、松浦はこう言ったんだ。
『俺が工藤彩音をオトせたら、3000円の儲け。落とせなかったら、3000円の損失』
　ああ、やっぱり……ってあたしは納得した。
　そんなことだろうと思ってた。
　3000円取られるわけにはいかないから承諾してほしいと、たしかそんな風に頼みこまれた記憶がある。
　どうしてあたしがターゲットなのかと尋ねると、『なんかガード固そうでもえたから』なんてあきれたことを言ってた。
　だけどそんな堂々と本人に賭けてます宣言するなんて。
『ばかじゃないの』
　あたしがそう言うと、松浦はそーだねって笑った。その時あたしは、松浦のこの笑顔好きだなって思った。
　今でも後悔してる。
　本当に何を血迷ったのか。松浦はひどいやつなのに。
　それをわかっててあたしは拒まなかったんだ……。

　ドンッ、と鈍い衝撃が身体に伝わった。
　バランスが崩れて危うく尻もちをつきそうになる。

どうやら誰かにぶつかったらしい。
　松浦だったらどうしよう、と反射的にそんなことを考えた。
「……ごめん……って、あれ？　工藤じゃん」
　聞こえてきたのはぜんぜん違う声。
　ほっとしながら顔をあげると、そこには見知った顔があった。
「なんか、前もこんなことあったよな。たしか」
　懐(なつ)かしそうに笑う、目の前の彼。
　どうして菊池くんが……。
「璃子と帰ったんじゃなかったの？」
「帰ってたけど、途中で教室に弁当箱忘れてるのに気づいて戻ってきた」
「意外と抜けてるんだね」
「は、うざ。……てか、お前……」
　顔をのぞきこまれてハッとする。
　慌てて視線を逸らした。
「なんで泣いてんの。もしかして痛かった？」
「……そんなわけないじゃん」
「じゃあどうしたんだよ」
「なんで菊池くんに言わなきゃいけないの」
「なんでって、目の前で泣かれたら気になるだろ」
「うっさいな。詮索(せんさく)しないでよ」
「…………」
　口をつぐんで諦めたようにあたしから視線を逸らすと、

菊池くんはわざとらしい長いため息をついた。
「俺には言わなくていいからさ、璃子にはちゃんと言ってやってよ」
「は？」
「あいつ、最近悩んでんだよ。工藤がいつまで経っても深入りさせてくれないって。絶対何か悩んでるのに、私に相談してくれないって……不安がってる」
「えっ……」
　驚いた。そんなことを……。
「悩みって男がらみ？」
「っだから、詮索しないってば」
「悪い。でもさ、彼氏年上なんだろ？」
「……だったら何」
　璃子、何も菊池くんに話さなくてもいいのに。
　いや……あたしが黙ってるから悪いのか……。
「俺、お前の彼氏ずっと松浦だと思ってたから、びっくりしたっていうか……」
　……え？
　思考が止まる。
「なんで松浦……」
　声が震えた。
　菊池くんは不思議そうに首をかしげる。
「中学の時、付き合ってたろ？」
「……あれは……いろいろと違うんだよ。しかも、とっくに別れてるし……」

「違うって、そりゃないだろ。お前が好きじゃなくて振ったにしても、松浦は、お前のこと本気でだったんだしさ……」
「は……？」
　さっきから何言ってんの？
　あたしが松浦を振った？
　松浦が……本気だった？
「そんなわけ……ないじゃん。松浦はあたしをオトせるか賭けてたんだよ？　あたしはわかってて付き合ったの。お互い、気持ちなんて初めからなかった……」
　収まっていたはずの涙が再びあふれだしてきた。
　ぽたぽたと落ちてきて止まらない。
　中学のあの頃の記憶が徐々に鮮やかに思い出される。
　苦しかった。
　もう……わけわかんない。
　泣きやまなきゃ。誰か来る前に……。
　そう思って涙をぬぐった矢先、
「あ、来たみたいだよ。王子様」
　菊池くんがぼそっとつぶやいた。
　その言葉を理解する余裕なんてなかった。
「彩音ちゃん……！」
　息を切らしたその声に心臓が跳ねる。
「どうしたんだよ！　菊池に何かされたの!?」
　強い力で腕が引っ張られた。
　気がつくとあたしは松浦の腕の中。

「俺は何もしてないよ。原因があるとすれば、それはお前なんじゃないかな……松浦クン」
　菊池くんは薄く笑いながらあたしたちに背を向けた。
　角を曲がってその姿が見えなくなると、松浦はあたしから身体を離した。
　触れられていた部分が熱い。
　顔を盗み見ると、松浦の瞳があたしを捉えた。
「彩音ちゃん……ごめんね。今までずっと……」
　悲しく揺れるその瞳は、さっきの先生を思い出させた。
　なんでふたりしてあたしを不安にさせるんだろう。
「なんで謝るの松浦。やだよ謝んないで……」
　自分でもわけわかんないくらい弱々しい声が出た。
「兄貴と何してた……？」
「えっ……」
「仲直りのチューでもした？」
「松浦、何言って……」
　松浦が距離を詰める。
　１歩退くと、背中が壁に当たった。
　それでもなお距離を縮めてくる松浦に、あたしの心臓ははちきれそうで……。
「松浦、なに、どうしたの……」
　両手で胸を押し返してみても、ぜんぜん力が入らなかった。
「どうしたらいいかわからなかった。中学の時からずっと……。ただ彩音ちゃんに……振り向いてほしかっただけな

のに」
　消え入りそうな声。
　まるで心臓をわしづかみにされているかのように息ができなくなる。
「なに言ってんの松浦。あたしのことなんて最初から好きじゃなかったくせに……」
「好きだったよ！」
「……っ嘘つかないで！」
「嘘じゃねぇよ！　俺が今までどんな思いで彩音ちゃんを見てきたと……思ってんだよ……っ」
　頭が回らない。
　松浦の言ってることがわからない。
　あたしはただ松浦の悲しい瞳を見つめるばかり……。
「彩音ちゃんに初めて声をかけたあの日は……俺にとって奇跡みたいな日でさ。付き合えるなんて思ってなかったから、帰ってひとり、ばかみたいに喜んでた……」
「…………」
　言葉が出てこない。
　頭の中で松浦の言葉をひとつひとつ整理しようとしたけど、考える余裕なんてなかった。
「彩音ちゃんが俺のこと嫌いだってわかってたのに、それでもどうにか繋ぎとめようとしてたんだ。付き合ってればいつか、俺を見てくれるんじゃないかってばかな期待してさ……」
　松浦はそこでいったん言葉を切った。

それからあたしに目を合わせて、優しく笑う。
「……俺のこと、信じてくれる？」
　胸の奥が熱くて、気を抜いたら際限なく涙があふれてきそうだった。
「……信じない」
「…………」
「あたしに3000円賭けてたんでしょ!?　松浦がはっきり、そう言ったんじゃん！」
「あんなの嘘に決まってるだろ！　ああ言うしかなかったんだよ！」
「……っ」
「話したこともないのにいきなり好きなんて言ったら彩音ちゃん絶対困るし、一目惚れですなんて言う勇気もなかったし……。あれがあの時の俺の、精いっぱい」
　これは現実……？
　夢じゃないの？
　一目惚れとか、なにそれ……。
　聞いてないよ……。
　……松浦のばか。
　もしそれが本当だとしたら、あの時のキスは──？
「松浦、付き合ってた時あたしにキスしたよね」
「……うん」
「他の女子にも、いっぱいしてたよね」
　言いながら悲しくなった。
「……知ってんだ」

ほら、やっぱり。否定しないじゃん……。
　あたしへの好きなんて、きっと特別じゃない……。
「全部、彩音ちゃんの代わり」
「……え？」
「彩音ちゃんが欲しくて、でも手に入らないから他の子に手を出してた。さみしかったんだと思う。付き合ってても、彩音ちゃんの心は手に入らなかったから」
「…………」
「でも他の子とキスしてても、彩音ちゃんのことしか頭になかった。それくらい、好きだった」
「松浦……」
　心臓が鳴る。いやというほど鳴り響く。
　なにか言おうと思うのに、自分が何を言いたいかわからない。
　黙ってると涙があふれてきた。
「……ごめん。結局俺はいつも、彩音ちゃんを困らせることしかできないね」
　松浦があたしから離れた。
　間を冷たい空気が通り抜ける。
「手に入らないってわかってんのに追いかけて。自分でも時々いやになる。なんで彩音ちゃんなんだろうって。だからいいかげん……けじめつけないといけないかなって、俺、最近やっと考えはじめたんだ」
　――松浦。
　とっさに名前を呼ぼうとした。

松浦がこれから言うことを聞きたくなかった。
　だけど、こみあげてくる涙がそれを邪魔する。
　もう、遅かった。
「俺のこと振ってよ。彩音ちゃん」
　松浦はいつもみたいに笑う。
　目を逸らしたいのにできない。
　松浦のこの笑顔は、いつだってあたしを惑わせる……。
「いやだ……」
　あれ……。あたし何言ってるの……。
　自分の声なのにどこか遠くで聞こえた。
「松浦まで、いなくならないで……っ」
　大きく見開かれた松浦の瞳。
　それを見て、あたしはハッと我に返る。
「……彩音ちゃん？」
　耐えられなくなってあたしは駆けだした。
　意味わかんない。意味わかんない……。
　あたし、どうかしてる。
「彩音ちゃん待って！」
　松浦の声が聞こえるとまた泣けてきた。
「おいっ……待てって言ってんだろ、彩音!!」
　──彩音。
　なんで呼び捨て……。
　先生みたいなことしないでよ。
　……わからなくなるから。
　松浦の気持も、先生の気持も、自分の気持も全部。

不完全な世界の中でずっと揺れてる。

　帰り着くまで１回も足を止めなかった。
　息が整ったあとも、ずっと苦しかった。
　今日１日でいろんなことがありすぎた。
　何も考えたくない……のに、考えずにはいられなくて。
　松浦と付き合ってたあの頃に戻ったみたいだった。
　あの頃も、たしかこんな風に苦しかったな……。
　思い出してあははっと小さく笑ってみたら、また涙がこぼれた。

『苦しかったら、相談にのるからね』

　いつかの璃子の言葉が頭に浮かんだ。
　あたしはケータイを握りしめる。
　袖で涙をぬぐった後、静かに発信ボタンをタップした。

【浩人side】
　──彩音ちゃんは覚えてないだろうけど。

　好きになってから、かれこれ５年経つ。
　中１の時、入学式で一目惚れ。
　２年にあがって、同じクラスになった。
　張り出されたクラス替えの用紙を見た俺は、その日すぐ彩音ちゃんに話しかけた。

緊張した。
『工藤彩音ちゃんだよね？　俺、松浦浩人っていうんだけど、俺たち付き合わない？』
　ただ話しかけようと思っただけなのに気持ちが先走って、こんなことを言ってしまった。
　明らかに不審そうに俺を見た彩音ちゃん。
　それを見てひどく焦った俺は、
『俺が工藤彩音をオトせたら、3000円の儲け。オトせなかったら、3000円の損失』
　気づけば、こんなバカなことまで口にしていた。
　今思えば後悔しかないけど、驚くことにこれで付き合ってくれることになったから、かなり浮かれた。
　本当にどうかなるんじゃないかってくらい嬉しかった。
　だけど、彩音ちゃんの心は手に入らないまま……。

『ねぇ、浩人。今日遊ぼうよ〜』
　毎日のように俺に寄ってきた女子たち。
　そんな光景を目にしても、彩音ちゃんは表情ひとつ変えないで。
　俺のことなんかぜんぜん見てなくて。
　……それが悔しくて。
　なんとか振り向かせたかった……のに。
『彩音ちゃん。今日は俺と帰ろう』
『……友達と帰るから無理』
　毎日、毎日、こんな会話しかできなくて。

付き合ってたら俺のこと見てくれるんじゃないかって期待は、日に日に薄れていった。
　恋人らしい会話なんてしたことない。
　そのくせ、
『彩音ちゃん、キスしていい？』
『……うん』
　彩音ちゃんは俺の唇を受け入れた。
　それが余計に苦しかった。
　本当は俺のこと好きなんじゃないかって、錯覚してしまいそうで。
『松浦くん……』
　俺を呼ぶ声も、ほんのりと赤く染まった頬も、見つめてくる、潤んだ瞳も。
　キスの時だけは、俺のことを好きだって言ってる気がした。
　そんなの、全部俺の都合のいい勘違いなのに。
　……とんだ魔性だな。
　そう思った。

　気持ちは俺のものじゃなくても、"付き合って"る。
　繋ぎとめておきたかった。
　せめて、嫌われないようにしようと思った。
　だから彩音ちゃんの前ではいつも笑ってたんだ、俺は。
　ばかみたいに、へらへらと。
　どうか俺を嫌わないで。

心の中で、そう叫びながら。

　だけどやっぱり心がないと、どっか虚(むな)しくて。
　いつしか……。
『浩人〜。今日放課後ひま〜？』
『んー。まぁ暇かな』
　彩音ちゃんの反応を横目に確認することも無くなった。
『誰もいないとこ、行こ？』
『……あぁ』
　誘われるがまま、されるがまま。
　求められるのは気持ちよかった。
　楽だった。
　彩音ちゃんもこんな風に俺を求めてくればいいのに、とか考えながら、それは日に日にエスカレートしていって。
『浩人、好き』
　すぐそばでささやかれる甘い声。
　重なった唇から相手の熱を感じながら俺は答えた。
『うん。俺も好きだよ』
　──彩音ちゃん。
　ドロドロで、ぐちゃぐちゃで、どっかに落ちていく感覚。
　彩音ちゃんのせいだと思った。
　彩音ちゃんが俺の前に現れなければ、こんなに苦しまずに済んだのに。
　苦しくて、しんどくて、何もかもいやになった。
　こんなに苦しいのはもういらない。

早く解放されたかった。

中2の修了式の日。
『彩音ちゃん。別れよっか』
楽になりたかったから、解放されたかったから、そう言ったつもりなのに、この言葉を口にしながら俺は泣きそうだった。
彩音ちゃん。
少しでいいから、傷ついた顔をして。
俺と別れるの、いやだって言って。
頼むから、そんな簡単にうなずかないで……。
『うん。あたしも今日、そう言おうと思ってた』

全部忘れた。
3年になるとクラスは別れて、卒業まで一度も話さなかった。
見なければ苦しくなることもなくて、好きで悩んでたあの頃がばかみたいに思えて、俺の中から彩音ちゃんを消すのは、こんなに簡単だったんだって……。
全部忘れた。
……つもりだった。

同じ高校に進学して。
2年では、同じクラスになって。
見ないようにしてたのに。

どうしても、どうしても、消えてくれないキミ。
　４年前のことは忘れたふりをして、放課後とかに人目を避けて話しかけるようになった。
　万が一俺と噂なったりしたら、たぶんいやな思いをさせてしまうから……。
『一緒に帰ろ』
『……無理』
　４年前と何も変わらない会話。
　ああ、同じだ。
　中学の時と同じこと繰り返してると思った。
　このまま、また報われずに卒業するのかって……。
　だけど。
　すべてが同じなわけじゃなかった。
『松浦くん』。
　そう呼んでいた彩音ちゃんは、今は俺を『松浦』と呼び捨てにする。
　そのくらい長いんだ。俺がキミを好きになって、そのくらい長い時間が経った。
　もしかしたら、変えられるかもしれない。
　少しずつ膨らんでいった淡い期待。
　いい加減ばかだろって思ったけど、止められなかった。
　だけど、まさか兄ちゃんだなんてさ……。
　笑っちゃうよな。
　いや……笑えねぇわ。
　俺は兄ちゃんが怖い。

ずっと、敵わない人だったから。

　だから今日、
『俺のこと振ってよ。彩音ちゃん』
　本当に終わらせようとしたのに。
　なんで……。
『松浦まで、いなくならないで……っ』
　彩音ちゃんのあんな声初めて聞いた。
　弱くて、悲しくて、まるで俺を求めてるような……。
　抱きしめたいと思った。戸惑った。
　そうやって彩音ちゃんはいつも俺を苦しめるんだ。
　どうしていいかわからなくなる。
　ずっと、手が届かない。
　ほんとむかつく。
　最初から素直に好きだって言えてれば、何か違ったのかな。
　今さらそんなこと考えたって、遅いか……。

　──彩音ちゃんは覚えてないだろうけど。
　４年前のあの日。
『松浦くんの笑ってる顔、好き』
　彩音ちゃんが言ったその言葉に、俺はずっと、とらわれたまま。
　自分がいやになるくらい苦しい恋をした。

【彩音　side】
　昨夜はほとんど寝てない。
　話しだしたら止まらなかった。
　璃子も後半からは泣きながら話を聞いてくれて、あたしははじめて素直になれた気がした。

「松浦。おはよう」
　高校生になって初めて自分から松浦に話しかけた。
　声の主があたしだってわかると、目の前の彼はひどく戸惑ったカオをした。
　それを見てあたしの心臓の鼓動は速さを増す。
「あのね、今日あたしと一緒に帰ってほしいんだけど……」
　松浦は目を見開いたまま何も言わない。
「あの、もしかして用事とかある……？」
　どんどん顔が熱くなっていく。
「……いや、ない、よ」
「じゃあ、放課後……待ってるね」
　あたしはそう言って駆けだした。
　松浦の顔、よく見れなかった。
　ドキン、ドキンって心臓がうるさい。
　松浦、やっぱりむかつく。
「璃子、トイレ行こ」
　教室に入るなり、親友の手を無理やり引っ張った。
　松浦が入ってくる前にと、急いで廊下へ出る。
「昨日は夜遅くまでごめんね？」

「ううん！　むしろ嬉しかった。彩音のことずっと心配でしょうがなかったから」
　そんなことを口にしながら顔を赤くする璃子。
　ああ、もう。大好き。
「さっき、松浦に今日一緒に帰ろうって言ってきた」
「えっ！　す、すごいよ彩音……行動早い」
「たまたま下駄箱で会ったから、言うなら今しかないと思って……」
　今思えば、あたし、なかなかがんばったな。
　不自然じゃなかったかな……。
　──キーンコーンカーンコーン。
　朝礼５分前の予鈴が鳴る。
　朝から先生に会うの、きっつい……。
　だけど、自分の気持にちゃんと向き合うって決めたから。
　今日から、少しずつでも……。
「あのね、彩音」
「うん？」
「私なんにもできないけど、がんばってね。応援してるからね」
「璃子……」
　胸があったかくなる。
　ぎゅっと璃子を抱きしめた。
　菊池くん。
　これを独り占めできるなんてうらやましいな、まったく。

——放課後。
　終礼が終わって皆がざわざわと帰り支度をしている中、
「浩人〜、今日空いてる？　久しぶりに帰らない？」
　そんな声が背後から聞こえてきた。
　心臓がドクッと音を立てる。
　教科書をスクバに詰めていた手が止まってしまった。
「……ごめん。今日は大事な約束があるから」
　……大事な約束。
　そんな言い方、ズルいよ。松浦。
「彩音！　今の聞こえた!?　松浦くん……むごっ!!」
　あたしは慌てて璃子の口を塞ぐ。
「璃子、うるさいってば……！」
「えっ、うるさいとか彩音に言われたくないし!!」
　うっ……。いや、まあそうだろうけど……。
「ほら、急がないと旦那来るよ？」
「あっ、うん。そうだね。じゃあ、彩音……」
「うん」
「これあげる」
　そう言って、璃子はあたしに何か握らせた。
　見ると、ひと口サイズの……。
「何これ？」
「昨日発売された新作チョコ！　おいしいよ!!」
　チョコ好きは相変わらずか。
「ありがと。帰ったら電話する」
「うん！　待ってる！」

璃子を見送って、やっと最後のひとりが教室を出ていくと、松浦が静かに席を立った。
「彩音ちゃん」
　あたしたち以外には誰もいない空間。
　互いの吐息までも聞こえてしまう。
　ドキドキ、ドキドキ。
　このうるさい心音さえも響いてしまいそうで、
「松浦のばか」
　誤魔化したくて、なんとなくこんなことを言ってみた。
　すると不意に、松浦の表情が曇った。
「うん。ほんとにばかだよね、俺」
　松浦は笑う。
　……違うの。
　あたしは、松浦の笑った顔が好きなの。
　だけど、あたしが好きになった笑顔はこれじゃない。
　なんであたしにだけ、そんな顔して笑うの？
　みんなの前で笑うみたいに笑ってほしいのに。
「松浦はひどいよ」
「うん」
「いっつもへらへらしてるし」
「うん」
「意味不明だし」
「うん」
「ほんと、松浦なんか嫌い」
「……うん」

……ドキン、ドキン。
「だけど、好き……だった」
　　——音が消えた。
「…………え？」
　　松浦の瞳が揺れる。
「彩音ちゃん、今なんて……」
「…………」
　　見つめられて苦しい。息がうまくできない。
　　いやだ、逃げたい。
　　そんな目であたしを見ないで。
「彩音ちゃん」
　　松浦が１歩近づく。
　　あたしは動けない。
「今、俺のこと好きだったって聞こえた」
「……うん」
「ほんとに」
「……うん」
「そんなの、俺知らなかった」
　　途端に視界が暗くなった。
　　松浦の匂いがあたしを包む。頭がクラクラした。
「気安く抱きしめないでよ」
「……彩音ちゃんを気安く抱きしめたことなんて、いっかいもないよ俺」
「……ばっかみたい」
「…………」

「……なんとか、言ってよ」
「…………」
　返事がない代わりに、あたしを抱きしめる力が強くなった。
　松浦の胸の中であたしは目を閉じる。
「……松浦、泣いてるの？」
　口にした瞬間、あたしの目からも熱い涙があふれてきた。
　とっさに離れようとしたけど、松浦はそれを許さなかった。
「離れないで」
「…………」
「俺、まだ望みある？」
「…………」
「……彩音ちゃんに、もう1回好きになってほしい」
「……うん」
　やっとの思いで返事をした。
　松浦、ごめんね。
　ほんとは、自分でも薄々気づいてるの。
　だけどまだ、口にするには早すぎるんだ。
　昨日璃子と話しながら、あたしは自分のことを何も知らなんだってわかった。
　自分の気持ちにふたをして見えないふりを続けていたら、本当に自分のことがわからなくなっちゃったんだよ。
　松浦に対する気持ちも、先生に対する気持ちも。
　だから、今日からまた始めるの。

自分のことを知るために。
「松浦。これからも時々、一緒に帰らない？」
　　　今は、これがあたしの精いっぱい。
　　　松浦は腕の力を少しゆるめてあたしと向き合った。
　　　窓から夕日が差しこんでくると、まぶしい逆光の中、松浦が笑った。
　　　ドクン、と心臓が動いた。
　　　このタイミングでその笑顔、ズルい。
　　　──すき。
　　　胸にあふれた２文字を静かに飲みこんで、視線を逸らす。スクバを持って、あたしたちは教室をあとにした。

「彩音ちゃん」
「なに？」
「俺以外とキスしたことある？」
「…………」
「あるの？」
「……知らない」
「初めては、俺が教えてあげるから」
「話、かみ合ってない」
「うん。そーだね」
　　　こんな会話をするのに、４年もかかった。
　　　なんでだろうね。
　　　本当はずっとこうしたかったのに。
「あたし、松浦のこと知りたい」

「……誘ってるの?」
「うん? あ、じゃあ今度映画でも見にいく?」
「……やっぱり魔性だ」
「へ? なんて?」
「そーいうところも好きだよって言ったの」
　あたしの隣で楽しそうに笑う松浦。
　この笑顔を、どうかずっと見ていられますように。

　Fin.

あとがき

こんにちは、柊乃です。
この度は『彼と私の不完全なカンケイ』を手に取っていただき、ありがとうございます！

彼女いるくせに幼なじみの女の子のことがほっとけなくて、ついついかまっちゃう男の子ってめっちゃいいな……と唐突に思い立って書きはじめたのがこのお話です。
当時は「幼なじみ」という響きに本当に憧れていました。小さいころから隣にいるのが当たり前で、お互いのことをとくに意識したこともないようなふたりが最終的に結ばれたら運命っぽくてロマンチックだなとか、そんな妄想をしてはニヤニヤしていた記憶があります。

自分で改めて読み返しているとあまりの恥ずかしさに目を逸らしたくなるような部分も多々あるのですが、そんな在りし日の妄想の思い出を、こうして本という形で残すことができて本当にうれしいです！
学生である今しかできない妄想……というのもあると思うので、自分の中でも大事にしていきたいなと思います。

尚仁と璃子のただの幼なじみだったカンケイから、ちょっとずつ変化していく過程を書くのは楽しかったで

す。

　それに加えて、書籍では番外編として彩音のストーリーを書かせていただきました。
　彩音は個人的に一番気に入っているので、こちらも楽しんでいただけたら嬉しいです！

　最後に、何から何まで大変お世話になりました担当の飯野さま、素敵すぎる表紙、イラストを描いてくださったOffさま、スターツ出版の皆さま、読者の皆さま、この作品に携わってくださったすべての皆さま、心から感謝申し上げます。
　本当にありがとうございました。

2017.1.25　柊乃

この物語はフィクションです。
実在の人物、団体等とは一切関係がありません。

♥

柊乃先生への
ファンレターのあて先

〒104-0031
東京都中央区京橋1-3-1
八重洲口大栄ビル7F

スターツ出版（株）書籍編集部 気付
柊乃先生

彼と私の不完全なカンケイ
2017年1月25日　初版第1刷発行

著　者　柊乃
　　　　©Shuno 2017

発行人　松島滋

デザインカバー　金子歩未（hive&co.,ltd.）

フォーマット　黒門ビリー＆フラミンゴスタジオ

ＤＴＰ　朝日メディアインターナショナル株式会社

編　集　飯野理美

発行所　スターツ出版株式会社
　　　　〒104-0031 東京都中央区京橋1-3-1　八重洲口大栄ビル7F
　　　　TEL 販売部03-6202-0386（ご注文等に関するお問い合わせ）
　　　　http://starts-pub.jp/

印刷所　共同印刷株式会社
Printed in Japan

乱丁・落丁などの不良品はお取り替えいたします。上記販売部までお問い合わせください。
本書を無断で複写することは、著作権法により禁じられています。
定価はカバーに記載されています。

ISBN 978-4-8137-0197-2　C0193

ケータイ小説文庫　2017年1月発売

『クールな彼とルームシェア♡』 *あいら*・著

天然で男子が苦手な高1のつぼみは、母の再婚相手の家で暮らすことになるが、再婚相手の息子は学校の王子・舜だった‼ クールだけど優しい舜に痴漢から守ってもらい、つぼみは舜に惹かれていくけど、人気者のコウタ先輩からも迫られて…？　大人気作家*あいら*が贈る、甘々同居ラブ‼

ISBN978-4-8137-0196-5
定価：本体570円+税

ピンクレーベル

『俺をこんなに好きにさせて、どうしたいわけ？』 acomaru・著

女子校に通う高2の美夜は、ボーイッシュな見た目で女子にモテモテ。だけど、ある日いきなり学校が共学に⁉ 後ろの席になったのは、イジワルな黒王子・矢野。ひょんなことから学園祭のコンテストで対決することになり、美夜は勝つため、変装して矢野に近づくけど…？　甘々♥ラブコメディ！

ISBN978-4-8137-0198-9
定価：本体590円+税

ピンクレーベル

『ずっと、キミが好きでした。』 miNato・著

中3のしずくと怜音は幼なじみ。怜音は過去の事故で左耳が聴こえないけれど、弱音を吐かずにがんばる彼に、しずくはずっと恋している。ある日、怜音から告白されて嬉しさに舞い上がるしずく。卒業式の日に返事をしようとしたら、涙ながらに「ごめん」と拒絶され、離れ離れになってしまい…。

ISBN978-4-8137-0200-9
定価：本体590円+税

ブルーレーベル

『初恋ナミダ。』 和泉あや・著

遙は忙しい両親と入院中の妹を持つ普通の高校生。ある日転びそうなところを数学教師の椎名に助けてもらう。イケメンだが真面目でクールな先生の可愛い一面を知り、惹かれていく。ふたりの仲は近付くが、先生のファンから嫌がらせをうける遙。そして先生は、突然遙の前から姿を消してしまい…。

ISBN978-4-8137-0199-6
定価：本体550円+税

ブルーレーベル

ケータイ小説文庫　好評の既刊

『お前しか見えてないから。』青山そらら・著

高1の鈴菜は口下手で人見知り。見た目そっくりな双子の花鈴とは正反対の性格だ。人気者の花鈴にまちがえられることも多いけど、クールなイケメン・夏希だけは、いつも鈴菜をみつけてくれる。しかも女子に無愛想な夏希が鈴菜にだけは優しくて、ちょっと甘くて、ドキドキする言葉をくれて…!?

ISBN978-4-8137-0185-9
定価:本体590円+税

ピンクレーベル

『泣いてもいいよ。』善生茉由佳・著

友達や母に言いたいことが言えず、悩んでいた唯は、第一志望の高校受験の日に高熱を出し、駅で倒れそうになっているところを、男子高校生に助けられる。その後、滑り止めで入った高校近くの下宿先で、助けてくれた先輩・和泉に出会って…?　クールな先輩×真面目少女の切甘同居ラブ‼

ISBN978-4-8137-0184-2
定価:本体590円+税

ピンクレーベル

『私、逆高校デビューします!』あよな・著

小さな頃から注目されて育ったお嬢様の舞桜。そんな生活が嫌になって、ブリッコ自己中キャラで逆高校デビューすることに!　ある時、お嬢様として参加したパーティで、同じクラスのイケメン御曹司・優雅に遭遇。とっさに「桜」と名乗り、別人になりきるが…。ドキドキの高校生活はどうなる!?

ISBN978-4-8137-0172-9
定価:本体590円+税

ピンクレーベル

『深夜0時、キミと待ち合わせ。』榊あおい・著

紗帆は口下手なため、入学したばかりの高校で"無言姫"と呼ばれている。ある夜、図書室でいちゃいちゃするカップルに遭遇‼　紗帆を助けたのは、いつも寝てばかりの"真夜中くん"こと新谷レイジ。紗帆はレイジに惹かれていくけど、彼には好きな人が…。ぼっち少女×猫系男子の切甘ラブ‼

ISBN978-4-8137-0173-6
定価:本体560円+税

ピンクレーベル

ケータイ小説文庫 2017年2月発売

『好きになんなよ、俺以外。』嶺央(れお)・著

彼氏のいる高校生活にあこがれて、ただいま14連続失恋中の翼。イケメンだけどイジワルな蒼とは、幼なじみだ。ある日、中学時代の友達に会った翼は、彼氏がいないのを隠すため、蒼と付き合っていると嘘をついてしまう。彼氏のフリをしてもらった蒼に、なぜかドキドキしてしまう翼だが…。
ISBN978-4-8137-0208-5
予価:本体500円+税

ピンクレーベル

『恋をするならキミ以外(仮)』ももしろ・著

彼氏がほしくて仕方がない高2の知枝里。ある日ベランダで、超イケメンの無気力系男子・安堂が美人の美坂先生と別れ話をしているのを聞いてしまい、さらにベランダに締め出されてしまう。知枝里は締め出された仕返しに、安堂を脅そうとするけど、逆に弱みを握られちゃって…?
ISBN978-4-8137-0209-2
予価:本体500円+税

ピンクレーベル

『ほかのヤツみてんなよ』つゆ子・著

高2の弥生は恋愛に消極的な女の子。実は隣の席のクール男子・久隆君に恋をしている。放課後、弥生は誰もいない教室で久隆君の席に座り、彼の名前を呟いた。するとそこへ本人が登場! 焦った弥生は、野球部に好きな男子がいて、彼を見ていたと嘘をつくけれど…? ピュア女子の焦れ恋にドキドキ!
ISBN978-4-8137-0210-8
予価:本体500円+税

ピンクレーベル

『不器用なキスで終わらせよう(仮)』天瀬ふゆ(あませふゆ)・著

高2の莉子は、幼なじみの悠里と付き合って2年目。しかし彼が、突然ほかの女の子と浮気しはじめた。ショックをうけるが、別れを切り出させるのが怖い莉子は何も言えない。そんな時、莉子は偶然中学時代にフラれた元彼、広斗と再会する。別れの理由を聞かされた莉子の心は揺れるが…。
ISBN978-4-8137-0211-5
予価:本体500円+税

ブルーレーベル

書店店頭にご希望の本がない場合は、
書店にてご注文いただけます。